TRANZLATY

La Langue est pour tout le Monde

El idioma es para todos

La Métamorphose

La Transformación (La Metamorfosis)

Franz Kafka

Français
Español

ISBN: 978-1-83566-900-6
Die Verwandlung
Franz Kafka, 1915

www.tranzlaty.com

Première partie
Primera parte

Gregor Samsa se réveilla un matin après des rêves agités.

Gregorio Samsa se despertó una mañana de un sueño intranquilo.

Il se retrouva dans son lit, incapable de bouger.

Se encontró en su cama, pero incapaz de moverse.

Il avait été transformé en un monstre vermineux.

Se había transformado en una alimaña monstruosa.

Il était allongé sur le dos, une carapace dure comme une armure.

Estaba acostado boca arriba, sobre su espalda, que estaba dura como una armadura.

En relevant légèrement la tête, il pouvait voir son ventre.

Levantando un poco la cabeza podía ver su barriga.

Mais son ventre était bombé et divisé en segments.

Pero su vientre estaba abovedado y dividido en segmentos.

La couverture reposait sur son ventre arrondi.

La manta descansaba encima de su vientre redondeado.

Mais la couverture était sur le point de glisser complètement.

Pero la manta estaba a punto de caerse por completo.

Ses jambes étaient pitoyables comparées à leur taille habituelle.

Sus piernas eran lamentables comparadas con su tamaño habitual.

Et ses nombreuses pattes s'agitaient impuissantes devant ses yeux.

Y sus muchas piernas se movían impotentes ante sus ojos.

« Que m'est-il arrivé ? » se demanda-t-il.

"¿Qué me ha pasado?" pensó para sí.

Mais ce n'était pas un rêve dont il ne pouvait se réveiller.

Pero no era un sueño del que no pudiera despertar.

Il se trouvait bel et bien dans sa propre chambre.

En realidad era su propia habitación la que él se encontraba.

Une vraie chambre pour des humains, mais un peu trop petite.

Un auténtico espacio para humanos, aunque un poco pequeño.

Il gisait tranquillement entre les quatre murs bien connus.

Él yacía tranquilamente entre las cuatro paredes conocidas.

Sur la table se trouvait une collection d'échantillons de textiles.

Sobre la mesa había una colección de muestras textiles.

Samsa était un vendeur ambulant, d'où les échantillons.

Samsa era un vendedor ambulante, de ahí las muestras.

Au-dessus des échantillons de textile désassemblés se trouvait une image.

Encima de las muestras textiles desmontadas había una imagen.

Il avait récemment découpé la photo dans un magazine.

Recientemente había recortado la imagen de una revista.

Il avait placé le tableau dans un joli cadre doré.

Había colocado el cuadro en un bonito marco dorado.

Le tableau encadré représentait une dame assise bien droite.

El cuadro enmarcado mostraba a una dama sentada erguida.

Elle portait un chapeau de fourrure et un manchon de fourrure.

Llevaba un gorro de piel y tenía un manguito de piel.

Elle levait la main en direction du spectateur.

Ella estaba levantando su mano hacia el espectador de la imagen.

Son avant-bras entier disparaissait dans son épais manchon de fourrure.

Todo su antebrazo desapareció dentro de su pesado manguito de piel.

Gregor regarda par la fenêtre le temps maussade.

Gregor miró por la ventana el clima gris.

On pouvait entendre les grosses gouttes de pluie frapper la fenêtre.

Se podía oír fuertes gotas de lluvia golpeando la ventana.

Le temps gris le rendait très mélancolique.

El clima gris lo hacía sentir muy melancólico.

« Et si je dormais un peu plus longtemps ? » pensa-t-il.

"¿Qué tal si duermo un poco más?" pensó.

« Dormir davantage m'aiderait peut-être à oublier ces bêtises. »

"Dormir más podría ayudarme a olvidar estas tonterías".

Mais dormir plus longtemps était totalement impossible.

Pero dormir más era completamente inviable.

Parce qu'il avait l'habitude de dormir sur le côté droit.

Porque estaba acostumbrado a dormir sobre su lado derecho.

Mais son état actuel l'empêchait d'effectuer ses mouvements habituels.

Pero su estado actual le impedía realizar sus movimientos habituales.

Il n'avait aucun moyen de se retrouver dans cette situation.

No tenía forma de llegar a esa posición.

Il fit de son mieux pour se jeter sur son côté droit.

Intentó con todas sus fuerzas lanzarse hacia su lado derecho.

Il a probablement tenté ce mouvement une centaine de fois.

Probablemente intentó este movimiento cientos de veces.

Mais il revenait toujours en position couchée sur le dos.

Pero él siempre volvía a la posición supina.

Il ferma les yeux pour ne pas voir ses jambes qui s'agitaient.

Cerró los ojos para no ver sus piernas inquietas.

Finalement, la douleur l'a empêché de réessayer.

Al final el dolor le impidió intentarlo de nuevo.

Une douleur sourde au flanc qu'il n'avait jamais ressentie auparavant.

Un dolor sordo en el costado que nunca había sentido antes.

« Oh mon Dieu », pensa désespérément Gregor Samsa.

«Oh Dios», pensó desesperado Gregorio Samsa.

« Quel métier pénible j'ai choisi ! »

¡Qué profesión tan agotadora he elegido para mí!

« Je dois voyager tous les jours pour le travail. »

"Día tras día tengo que viajar por trabajo".

« Le travail de bureau est beaucoup plus facile que le travail sur la route. »

"El trabajo de oficina es mucho más fácil que trabajar fuera de casa".

« Et j'ai la malédiction de devoir voyager constamment. »

"Y tengo la maldición de tener que viajar."

« Toutes ces inquiétudes liées au fait d'être à l'heure pour les trains. »

"Todas las preocupaciones por llegar a tiempo a los trenes."

« Mes horaires de repas sont irréguliers et la nourriture est mauvaise. »

"Mis horarios de comida son irregulares y la comida es mala".

« Mes amis changent constamment de ville. »

"Mis amigos siempre están cambiando de ciudad en ciudad."

« Mes interactions sont froides et professionnelles. »

"Las interacciones que tengo son frías y profesionales".

«Que le diable s'amuse avec ce genre de travail !»

"¡Dejad que el Diablo se divierta con este tipo de trabajos!"

Il ressentit une légère démangeaison en haut de l'estomac.

Sintió un ligero picor en la parte superior del estómago.

Il s'appuya contre le montant du lit, le dos contre le sol.

Se apoyó contra el poste de la cama, con la espalda.

Il voulait pouvoir mieux lever la tête.

Quería poder levantar mejor la cabeza.

Il a trouvé l'endroit qui le démangeait.

Encontró el punto que le picaba y le molestaba.

Sa tête semblait recouverte de petits points blancs.

Su cabeza parecía estar cubierta de pequeños puntos blancos.

Il ne pouvait pas dire ce que représentaient ces petits points blancs.

No podía decir qué eran esos pequeños puntos blancos.

Il avait prévu de toucher l'endroit avec une de ses jambes.

Había planeado tocar el lugar con una de sus piernas.

Mais lorsqu'il toucha l'endroit, il ressentit un étrange frisson.

Pero cuando tocó el lugar sintió un extraño escalofrío.

Il a donc immédiatement retiré sa jambe.

Entonces inmediatamente retiró la pierna del lugar.

Il n'avait d'autre choix que d'accepter cette sensation de démangeaison.

No tuvo más remedio que aceptar la sensación de picazón.

Et il reprit sa position initiale dans le lit.

Y volvió a su posición anterior en la cama.

«Se réveiller si tôt rend vraiment stupide.»

"Despertarse tan temprano realmente te vuelve bastante estúpido".

« Un homme doit dormir suffisamment », pensa-t-il.

"Un hombre debe dormir lo suficiente", pensó.

« Les autres représentants de commerce mènent une vie de luxe. »

"Los demás vendedores ambulantes viven una vida de lujo."

« Le matin, je transfère les ordres que j'ai reçus. »

"Por la mañana transfiero los pedidos que he recibido."

« Pendant ce temps, ces messieurs prennent encore leur petit-déjeuner. »

"Mientras tanto esos señores todavía están desayunando."

« Imaginez un peu si j'essayais de faire ça avec mon patron. »

"Imagínese si intentara hacer eso con mi jefe".

«Il me licenciait avant même que j'aie fini mon petit-déjeuner.»

"Me despediría antes de terminar mi desayuno."

« Mais ce ne serait peut-être pas le pire non plus. »

"Pero quizá eso tampoco sería lo peor."

«Le problème, c'est que mes parents me freinent.»

"El problema es que mis padres me están frenando".

« Sans eux, j'aurais déjà démissionné. »

"Si no fuera por ellos ya habría dimitido."

« J'aurais tenu tête au patron et je lui aurais dit. »

"Me habría enfrentado al jefe y se lo habría dicho".

« Je dirais exactement ce que je pense de lui et de son travail. »

"Diría exactamente lo que pienso de él y del trabajo".

« Il tomberait de son bureau si je lui racontais tout ! »

"¡Se caería del escritorio si le contara todo!"

« Sa façon de s'asseoir à son bureau est très étrange. »

"Es muy extraña la forma en que se sienta en su escritorio".

« Sa façon de parler à ses subordonnés n'est pas correcte. »

"La forma en que habla con sus subordinados no es correcta".

« Et le pire, c'est que son ouïe est très mauvaise. »

"Y lo peor es que su audición es muy pobre".

«Vous n'avez donc pas d'autre choix que de vous asseoir très près de lui.»

"Así que no te queda otra opción que sentarte muy cerca de él."

« Cela dit, l'espoir n'est pas encore totalement perdu. »

Pero dicho todo esto, la esperanza no está completamente perdida todavía.

« Je vais économiser cet argent pour rembourser les dettes de mes parents. »

"Ahorraré el dinero para pagar la deuda de mis padres".

« Je ne peux rien faire tant qu'ils lui doivent de l'argent. »

"No puedo hacer nada mientras todavía le deban dinero".

« Mais une fois la dette remboursée, je le ferai sans aucun doute. »

"Pero cuando la deuda esté pagada definitivamente lo haré."

« Cela prendra probablement encore cinq à six ans. »

"Probablemente tomará otros cinco o seis años."

« Oui, alors la grande séparation aura certainement lieu. »

"Sí, entonces definitivamente se hará la gran separación".

« Pour le moment, je dois me lever. »

"Por el momento, sin embargo, debo levantarme de la cama."

« Parce que mon train part à cinq heures. »

"Porque mi tren sale a las cinco en punto."

Gregor regarda le réveil qui tic-tac sur la table.

Gregor miró el despertador que sonaba sobre la mesa.

« Père céleste ! » pensa-t-il en regardant l'heure.

"¡Padre Celestial!" pensó al ver la hora.

Six heures et demie étaient déjà passées sans qu'on s'en aperçoive.

Las seis y media ya habían pasado silenciosamente.

Et les aiguilles de l'horloge continuaient d'avancer d'elles-mêmes.

Y las manecillas del reloj seguían avanzando.

Et il était presque sept heures quarante-cinq.

Y ahora se acercaba la cuarta hora menos cuarto.

« Peut-être que le réveil n'a pas sonné ? » pensa-t-il.

"¿Quizás la alarma no sonó para despertarme?", pensó.

Depuis son lit, Gregor inspecta le réveil.

Desde la cama Gregor inspeccionó el despertador.

Le réveil était correctement réglé sur quatre heures.

El despertador estaba programado exactamente para las cuatro.

Il ne pouvait pas l'expliquer, mais l'alarme avait dû sonner.

No podía explicarlo, pero la alarma debió haber sonado.

« Comment ai-je pu dormir sans m'en rendre compte après avoir entendu le réveil ? »

"¿Cómo pude dormirme a pesar de la alarma sin darme cuenta?"

Quand elle sonne, l'alarme fait même trembler les meubles.

Cuando suena la alarma incluso sacude los muebles.

Il savait que son sommeil n'avait pas été du tout paisible.

Sabía que su sueño no había sido para nada tranquilo.

Mais c'est peut-être pour cela que son sommeil était beaucoup plus profond.

Pero quizá por eso su sueño era mucho más profundo.

Il devait réfléchir à ce qu'il devait faire maintenant.

Tenía que pensar qué debía hacer ahora.

Le train suivant ne partait qu'à sept heures.

El siguiente tren no salía hasta las siete.

Prendre ce train serait quasiment impossible.

Coger ese tren sería casi imposible.

Et il n'avait pas encore emporté les textiles dont il avait besoin.

Y aún no había empacado los textiles que necesitaba.

Il ne se sentait pas particulièrement frais et agile non plus.

Tampoco se sentía especialmente fresco y ágil.

Il y avait peut-être une chance de monter dans le train.

Quizás había una posibilidad de subir al tren.

Mais une réprimande du patron était inévitable de toute façon.

Pero de todas formas, un regaño por parte del jefe era inevitable.

Le commis aurait pris le train de cinq heures.

El empleado habría subido al tren de las cinco.

Le commis de bureau était une créature sans envergure, à la solde du patron.

El oficinista era una criatura sin carácter del jefe.

L'absence de Gregor aurait donc déjà été signalée.

Así que la ausencia de Gregor ya habría sido informada.

« Et si je me faisais porter malade ? » se demandait Gregor.

"¿Qué pasa si llamo para avisar que estoy enfermo?" Gregor estaba pensando.

Mais ce serait extrêmement embarrassant et suspect.

Pero eso sería extremadamente embarazoso y sospechoso.

Gregor n'avait jamais été malade pendant la période où il avait travaillé là-bas.

Gregor nunca había estado enfermo durante el tiempo que trabajó allí.

Et il leur avait déjà consacré cinq années de service.

Y ya les había dado cinco años de servicio.

Il y avait de fortes chances que le patron vienne prendre de ses nouvelles.

Lo más probable era que el jefe viniera a ver cómo estaba.

Il amènerait probablement le médecin de l'assurance maladie.

Probablemente traería al médico del seguro médico.

Et il blâmait les parents pour la paresse de leur fils.

Y culparía a los padres por la pereza de su hijo.

Ils ne pourraient formuler aucune objection à son égard.

No podrían hacerle ninguna objeción.

Car pour lui, il n'y avait que deux sortes de travailleurs.

Porque para él sólo había dos clases de trabajadores.

Soit les ouvriers étaient en parfaite santé, soit ils rechignaient à travailler.

O bien los trabajadores estaban completamente sanos o bien eran reacios al trabajo.

Et aurait-il même tort dans cette analyse de base ?

¿Y estaría equivocado en ese análisis básico?

Assurément, dans ce cas précis, son argument était solide.

Ciertamente, en este caso tenía un argumento sólido.

Malgré son apparence, Gregor se sentait en réalité plutôt bien.

A pesar de su apariencia, Gregor en realidad se sentía bastante bien.

Ce long sommeil inutile l'avait rendu un peu somnolent.

El sueño innecesariamente largo lo dejó un poco somnoliento.

Mais à part ça, il ne pouvait pas se plaindre de maladie.

Pero aparte de eso no podía quejarse de enfermedad.

Il ressentait même une faim particulièrement forte et saine.

Incluso sintió un hambre especialmente fuerte y saludable.

Tandis qu'il nourrissait ces pensées, l'horloge sonna de nouveau.

Mientras pensaba estos pensamientos el reloj volvió a sonar.

Selon l'alarme, il était alors sept heures moins le quart.

Según la alarma eran ya las siete menos cuarto.

Et maintenant, on frappa doucement à la porte.

Y ahora también se oyó un suave golpe en la puerta.

« Gregor », l'appela quelqu'un – c'était sa mère.

—Gregor —lo llamó alguien. Era la madre.

« Il est sept heures moins le quart », a-t-elle confirmé en entendant l'alarme.

"Son las siete menos cuarto", confirmó la alarma.

« Tu ne voulais pas partir ? » demanda la douce voix.

¿No querías irte?, preguntó la suave voz.

Gregor eut peur en entendant sa voix répondre.

Gregor se asustó cuando oyó su voz respondiendo.

Sa voix était toujours la même.

La voz seguía siendo la voz que siempre tuvo.

Mais une nouvelle sonorité s'était désormais mêlée à sa voix.

Pero ahora había un nuevo sonido mezclado en su voz.

Un couinement douloureux s'échappa également du plus profond de lui.
Desde lo más profundo de él también salió un doloroso chillido.
Au début, sa voix semblait former des mots avec clarté.
Al principio su voz parecía formar palabras con claridad.
Mais alors, Gregor entendit l'écho mental de sa voix.
Pero entonces Gregor escuchó el eco mental de su voz.
L'enregistrement de sa voix s'est interrompu de façon étrange.
La grabación de su voz se interrumpió de una manera extraña.
Et il n'était pas sûr d'avoir bien entendu.
Y no estaba seguro de si había escuchado las cosas correctamente.
Gregor éprouvait un profond désir de donner une réponse détaillée.
Gregor sintió un profundo deseo de dar una respuesta detallada.
Il voulait tout expliquer clairement à sa mère.
Quería explicarle todo claramente a su madre.
Mais, compte tenu des circonstances, il devait se limiter.
Pero, dadas las circunstancias, tuvo que limitarse.
Et sa réponse fut beaucoup plus brève qu'il ne l'aurait souhaité.
Y respondió mucho más breve de lo que le hubiera gustado.
"Oui maman, ne t'inquiète pas, merci, je suis déjà levée."
-Sí madre, no te preocupes, gracias, ya estoy levantado.
La porte en bois a probablement contribué à étouffer sa voix.
La puerta de madera probablemente ayudó a amortiguar su voz.
À l'extérieur, le changement dans la voix de Gregor est resté inaperçu.
Desde fuera el cambio en la voz de Gregor pasó desapercibido.
La mère semblait satisfaite de son explication.
La madre pareció estar satisfecha con su explicación.
Et elle repartit aussi discrètement qu'elle était venue.

Y ella se fue de nuevo tan silenciosamente como había llegado.
Mais cette petite conversation a eu un effet indésirable.
Pero la pequeña conversación tuvo un efecto no deseado.
Il a attiré l'attention des autres membres de la famille.
Llamó la atención de los demás miembros de la familia.
Gregor était toujours chez lui et n'était pas allé travailler.
Gregor todavía estaba en casa y no había ido a trabajar.
Et maintenant, le père frappa lui aussi à la porte de côté.
Y ahora el padre también llamó a la puerta lateral.
Il frappa faiblement, mais avec détermination, du poing.
Golpeó débilmente, pero decidido, con el puño.
« Gregor, Gregor », appela-t-il, « quel est le problème ? »
—Gregor, Gregor —gritó—, ¿cuál es el problema?
Au bout d'un moment, il avertit de nouveau d'une voix plus grave.
Al cabo de un rato volvió a advertir con voz más grave.
Mais la sœur frappa alors à la porte de l'autre côté.
Pero ahora la hermana llamó a la puerta del otro lado.
« Gregor ? Tu ne te sens pas bien ? » demanda-t-elle doucement.
"¿Gregor? ¿No te encuentras bien?", preguntó en voz baja.
« Avez-vous besoin de quelque chose ? » demanda-t-elle, inquiète.
"¿Necesitas algo?" preguntó preocupada.
Gregor a répondu aux deux parties : « J'ai déjà terminé. »
Gregor respondió a ambas partes: "Ya he terminado".
Il avait fait de son mieux pour prononcer tous les mots avec soin.
Había hecho todo lo posible para pronunciar todas las palabras con cuidado.
Et il a gommé tout ce qui était ostentatoire dans sa voix.
Y eliminó todo lo que era llamativo en su voz.
Le père semblait également satisfait de la réponse.
El padre también parecía satisfecho con la respuesta.
Et il retourna à son petit-déjeuner inachevé.
Y regresó a su desayuno inacabado.

Mais la sœur murmura : « Gregor, ouvre la bouche, je t'en supplie. »

Pero la hermana susurró: "Gregor, ábreme, te lo ruego".

Mais son inquiétude à son égard ne parvenait en rien à l'émouvoir.

Pero su preocupación por él no podía conmoverlo de ninguna manera.

Gregor n'avait aucune intention de lui ouvrir la porte.

Gregor no tenía intención de abrirle la puerta.

Ses voyages lui avaient permis d'acquérir certaines habitudes de prudence.

Había adquirido algunos hábitos de cautela al viajar.

Et il se félicita d'avoir verrouillé les portes.

Y se alababa a sí mismo por haber cerrado las puertas.

Il voulait d'abord se lever tranquillement, à son propre rythme.

Primero quiso levantarse tranquilamente y a su propio ritmo.

Et, sans être dérangé, il voulut s'habiller.

Y sin que nadie le molestara quiso vestirse.

Cela étant fait, il voulut ensuite prendre son petit-déjeuner.

Una vez logrado esto, quiso entonces desayunar.

Ce n'est qu'alors qu'il a souhaité examiner la situation plus en détail.

Sólo entonces quiso reflexionar más sobre la situación.

Il savait qu'il était inutile de faire des projets au lit.

Sabía que no tenía sentido hacer planes en la cama.

Il serait impossible de parvenir à une conclusion sensée.

Sería imposible llegar a una conclusión sensata.

Il lui était déjà arrivé de se réveiller avec de légères douleurs.

Había habido otras ocasiones en las que se despertó con dolores leves.

Ces douleurs se sont toujours révélées être de pures inventions de l'imagination.

Estos dolores siempre resultaban ser pura imaginación.

En me levant du lit, la douleur disparaissait invariablement.

Al levantarme de la cama el dolor invariablemente
desaparecía.
Il était curieux de voir ce qu'il adviendrait de ces idées.
Tenía curiosidad por ver qué pasaría con esas ideas.
**Le changement de sa voix était probablement dû à un
rhume.**
El cambio en su voz probablemente se debió sólo a un
resfriado.
**Le rhume est un risque professionnel courant pour les
voyageurs.**
Los resfriados son simplemente un riesgo laboral para los
viajeros.
Il ne doutait pas que c'était l'explication logique.
No tenía ninguna duda de que ésa era la explicación lógica.
Il s'est facilement dégagé de la couverture.
Logró quitarse la manta de encima con facilidad.
Il lui suffisait d'inspirer et de se gonfler.
Lo único que tenía que hacer era inhalar e inflarse.
La couverture glissa de son corps et tomba sur le sol.
La manta se deslizó de su cuerpo y cayó al suelo.
**Son corps incroyablement large rendait d'autres choses
difficiles.**
Su cuerpo increíblemente ancho dificultaba otras cosas.
Il aurait eu besoin de bras et de mains pour se tenir debout.
Habría necesitado brazos y manos para ponerse de pie.
Mais il n'avait plus les membres qu'il avait autrefois.
Pero ya no tenía las extremidades que solía tener.
Au lieu de bras et de mains, il avait plein de petites jambes.
En lugar de brazos y manos tenía muchas piernas pequeñas.
**Et ses jambes bougeaient sans cesse, sans qu'il puisse les
contrôler.**
Y sus piernas se movían constantemente, sin su control.
**Il a essayé de plier une jambe, mais au lieu de cela, elle s'est
étirée.**
Intentó doblar una pierna, pero en lugar de eso se estiró.
Il parvint finalement à contrôler une jambe.
Finalmente logró controlar una pierna.

Mais ensuite, le mouvement des autres pattes a été libéré.
Pero luego se liberó el movimiento de las otras piernas.
Et toutes ses jambes frémissaient d'excitation extrême.
Y todas sus piernas se crisparon de extrema excitación.
Il a d'abord voulu sortir le bas de son corps du lit.
Primero quería sacar la parte inferior de su cuerpo de la cama.
Mais il n'avait pas encore vu le bas de son corps.
Pero en realidad aún no había visto la parte inferior de su cuerpo.
Et de toute façon, déplacer cette pièce s'est avéré trop difficile.
Y, de todas formas, resultó demasiado difícil mover esta pieza.
Finalement, de toutes ses forces, il fit un geste audacieux.
Finalmente, con todas sus fuerzas, realizó un movimiento salvaje.
Sans plus hésiter, il s'avança.
Sin más vacilación, avanzó.
Mais il avait choisi la mauvaise direction.
Pero había elegido la dirección equivocada.
Il s'est violemment cogné le corps contre le montant inférieur du lit.
Golpeó violentamente su cuerpo contra el poste inferior de la cama.
La douleur brûlante qu'il ressentait lui a appris une précieuse leçon.
El dolor ardiente que sintió le enseñó una valiosa lección.
La partie inférieure de son corps était peut-être plus sensible.
La parte inferior de su cuerpo era quizás más sensible.
Il a donc commencé par sortir le haut de son corps du lit.
Entonces intentó sacar primero la parte superior del cuerpo de la cama.
Il tourna prudemment la tête dans la bonne direction.
Giró cuidadosamente la cabeza en la dirección correcta.
Et bientôt, sa tête se retrouva face au bord du lit.
Y pronto su cabeza estaba mirando hacia el borde de la cama.
Ce mouvement prudent lui était en réalité facile.

Este movimiento cauteloso en realidad fue fácil para él.

Et sa largeur et son poids ne l'empêchaient pas de se déplacer.

Y su anchura y peso no detuvieron su movimiento.

La masse de son corps suivit lentement le mouvemnt de sa tête.

La masa de su cuerpo siguió lentamente el giro de la cabeza.

Mais ensuite, il a passé la tête au-dessus du bord du lit.

Pero luego sostuvo su cabeza sobre el borde de la cama.

Et il dut faire face à une nouvelle peur à laquelle il n'avait pas encore pensé.

Y se enfrentó a un nuevo miedo en el que aún no había pensado.

Poursuivre dans cette voie pourrait s'avérer dangereux.

Avanzar más por este camino podría ser peligroso.

Il pensait qu'il allait simplement se laisser tomber.

Había pensado que simplemente se dejaría caer.

Mais ce serait un miracle s'il ne s'était pas blessé à la tête.

Pero sería un milagro si no se lesionara la cabeza.

Ce n'était pas le moment de risquer de perdre connaissance.

Ahora no era el momento de arriesgarse a perder el conocimiento.

Finalement, il vaudrait peut-être mieux rester au lit.

Quizás sería mejor quedarse en la cama después de todo.

Mais il devait ensuite faire le même effort pour revenir.

Pero luego tuvo que hacer el mismo esfuerzo para regresar.

Après tous ces efforts, il était allongé là, exactement comme avant.

Después de todo ese esfuerzo él estaba tendido allí igual que antes.

Et maintenant, ses jambes semblaient encore plus en colère qu'elles ne l'avaient été.

Y ahora sus piernas parecían incluso más enojadas que antes.

Les mouvements de sa jambe étaient devenus encore plus incontrôlables.

Los movimientos de sus piernas se habían vuelto aún más incontrolables.

Il ne voyait aucun moyen de sortir de la situation dans laquelle il se trouvait.

No veía manera de salir de la situación en la que se encontraba.

Il était impossible de faire émerger la paix et l'ordre de ce chaos.

De este caos no fue posible sacar la paz ni el orden.

Mais il savait que rester au lit n'était pas une option non plus.

Pero sabía que quedarse en la cama tampoco era una opción.

Tout sacrifier était l'option la plus sensée.

Sacrificarlo todo era la opción más sensata.

Il s'accrochait au moindre espoir de pouvoir se lever.

Se aferró a la más mínima esperanza de levantarse de la cama.

S'il y parvenait, tous les risques en auraient valu la peine.

Si lo hubiera conseguido, todo riesgo habría valido la pena.

Mais il se souvenait aussi d'autre chose en même temps.

Pero al mismo tiempo también recordó algo más.

« Mieux vaut réfléchir sereinement que de prendre des décisions désespérées. »

"Mejores que decisiones desesperadas son reflexiones tranquilas."

Il concentra tous ses efforts sur la fenêtre.

Con todo su esfuerzo centró su mirada en la ventana.

Mais ce qu'il vit ne lui insuffla guère de confiance ni de joie.

Pero lo que vio le trajo poca confianza y alegría.

La brume matinale enveloppait toute la rue étroite.

La niebla de la mañana cubría toda la estrecha calle.

Le réveil sonna à nouveau ; il était maintenant sept heures.

El despertador volvió a sonar; ahora eran las siete.

« Il est déjà sept heures et il y a encore un épais brouillard. »

"Ya son las siete y todavía hay mucha niebla."

Il resta un moment allongé, immobile, respirant faiblement.

Durante un rato permaneció en silencio, respirando débilmente.

Un peu de calme permettrait peut-être de retrouver une certaine normalité.

Quizás un poco de quietud traería algo de normalidad.

Un silence complet pourrait engendrer les conditions réelles.

Un silencio absoluto podría provocar las condiciones reales.

Mais avant que l'horloge ne sonne à nouveau, il rompit le silence.

Pero antes de que el reloj volviera a sonar, rompió el silencio.

«Avant que l'horloge ne sonne à nouveau, je dois être levé.»

"Antes de que el reloj vuelva a sonar, debo levantarme de la cama."

« Je dois absolument être complètement levé à ce moment-là. »

"Para entonces tengo que estar totalmente fuera de la cama."

« Après 19h15, le bureau enverra quelqu'un. »

"Después de las siete y cuarto la oficina enviará a alguien."

"Parce que le bureau ouvrait avant sept heures."

"Porque la oficina abrió antes de las siete."

Et il commença alors à se balancer hors du lit.

Y ahora empezó a balancear su cuerpo fuera de la cama.

Il avait cessé de se concentrer sur le haut ou le bas de son corps.

Había abandonado el centrarse en la parte superior o inferior de su cuerpo.

Il fallut sortir tout son corps du lit.

Todo el largo de su cuerpo tuvo que salir de la cama.

Tomber de cette façon devrait protéger sa tête, pensa-t-il.

Caer de esa manera debería proteger su cabeza, pensó.

Il avait prévu de relever la tête lorsqu'il toucherait le sol.

Había planeado levantar la cabeza cuando cayera al suelo.

Son dos semblait suffisamment robuste pour encaisser le choc.

La parte posterior de su cuerpo parecía lo suficientemente dura para el impacto.

Et le tapis était là pour amortir l'atterrissage.

Y la alfombra estaba allí para suavizar el aterrizaje.

Ce qui le préoccupait le plus, cependant, c'était le bruit assourdissant.

Sin embargo, su mayor preocupación era el fuerte ruido.

Le bruit fracassant effrayerait tous les occupants de la maison.

El ruido estrepitoso asustaría a todos en la casa.

Peut-être que le bruit fort ne les terrifierait pas.

Quizás no les daría miedo el ruido fuerte.

Mais ils seraient certainement inquiets s'ils l'apprenaient.

Pero seguramente se preocuparían si oyeran eso.

Mais il fallait prendre le risque d'attirer l'attention.

Pero había que correr el riesgo de llamar la atención.

La nouvelle méthode s'apparentait davantage à un jeu qu'à un effort.

El nuevo método era más un juego que un esfuerzo.

Il devait balancer son corps par mouvements brusques et saccadés.

Tuvo que balancear su cuerpo con movimientos bruscos y espasmódicos.

Gregor était déjà à moitié sorti du lit.

Gregor ya estaba medio levantado de la cama.

Une nouvelle idée venait de lui traverser l'esprit.

Ahora se le ocurrió una idea nueva.

« Tout serait si facile si quelqu'un venait à mon secours. »

"Todo sería tan fácil si alguien viniera en mi ayuda."

« Deux personnes fortes suffiraient amplement. »

"Dos personas fuertes serían suficientes."

Son père et la servante seraient assez forts.

Su padre y la criada serían lo suficientemente fuertes.

Il leur suffirait de glisser leurs bras sous son dos.

Sólo tendrían que deslizar los brazos bajo su espalda.

Et ensuite, ils pourraient facilement le sortir du lit.

Y luego pudieron sacarlo fácilmente de la cama.

Peut-être auraient-ils dû réduire son poids progressivement.

Quizás habrían tenido que bajarle el peso poco a poco.

Alors, espérons-le, les jambes auraient trouvé leur utilité.

Ojalá entonces las piernas hubieran encontrado su propósito.

« Ne serait-il pas préférable, après tout, de demander de l'aide ? »

¿No sería mejor después de todo pedir ayuda?

Le problème, bien sûr, c'est qu'il avait verrouillé les portes.
El problema, por supuesto, era que había cerrado las puertas.
Il y avait quelque chose dans cette idée qui le chatouillait.
Había algo en ese pensamiento que le hacía cosquillas.
Et malgré ses difficultés, il ne put réprimer un sourire.
Y a pesar de sus dificultades, no pudo evitar esbozar una sonrisa.
Il était déjà sur le point de perdre l'équilibre.
Ya estaba cerca de perder el equilibrio.
Chaque balancement le rapprochait un peu plus du moment où il basculerait du lit.
Cada movimiento lo acercaba más a caerse de la cama.
Il allait bientôt devoir prendre la décision finale.
Pronto tendría que tomar la decisión final.
Dans cinq minutes, il serait sept heures et quart.
En cinco minutos serían las siete y cuarto.
Tandis qu'il était plongé dans ces pensées, la sonnette retentit.
Mientras pensaba estos pensamientos, sonó el timbre.
« C'est quelqu'un du bureau », se dit-il.
"Es alguien de la oficina", se dijo.
Et il fut presque paralysé de peur à cause du visiteur.
Y casi se quedó paralizado de miedo ante la visita.
Ses jambes s'agitaient encore plus sauvagement qu'auparavant.
Sus piernas bailaron aún más salvajemente que antes.
Mais ensuite, pendant un instant, tout resta silencieux.
Pero luego, por un momento, todo quedó en silencio.
« Ils n'ouvriront pas la porte », se dit Gregor.
"No abrirán la puerta", se dijo Gregor.
Il était encore prisonnier d'un espoir insensé.
Todavía estaba atrapado en una esperanza sin sentido.
Mais ensuite, bien sûr, la bonne s'est dirigée vers la porte.
Pero luego, por supuesto, la criada se dirigió a la puerta.
Et, comme toujours, elle ouvrit la porte au visiteur.
Y como siempre, le abrió la puerta al visitante.

Gregor n'avait besoin d'entendre que les premiers mots de bienvenue du visiteur.

A Gregor le bastó con oír el primer saludo del visitante.

Il a tout de suite compris qui était venu le chercher.

Pudo saber inmediatamente quién había venido a buscarlo.

Le chef de bureau en personne était venu prendre des nouvelles de Samsa.

El propio jefe de oficina había venido a ver cómo estaba Samsa.

Pourquoi Gregor était-il le seul à être condamné à un tel sort ?

¿Por qué Gregor fue el único condenado a este destino?

Pourquoi lui seul a-t-il dû servir dans une telle organisation ?

¿Por qué sólo él tuvo que servir en tal organización?

Le moindre oubli éveillait immédiatement les soupçons.

El más mínimo descuido despertaba inmediatamente sospechas.

Tous les employés qui travaillaient là-bas étaient-ils des scélérats ?

¿Todos los empleados que trabajaban allí eran unos sinvergüenzas?

N'y avait-il donc parmi eux aucune personne fidèle et dévouée ?

¿No había entre ellos ninguna persona fiel y devota?

N'auraient-ils pas pu simplement envoyer un apprenti ?

¿No podrían haber enviado simplemente un aprendiz?

Toutes ces interrogations étaient-elles vraiment nécessaires ?

¿Era realmente necesario todo este cuestionamiento?

Le représentant autorisé devait-il se déplacer en personne ?

¿El representante autorizado tenía que venir personalmente?

Fallait-il vraiment informer toute la famille innocente ?

¿Había que informar a toda la familia inocente?

Toutes ces considérations ont poussé Gregor à agir.

Todas estas consideraciones impulsaron a Gregor a actuar.

Il se hissa hors du lit de toutes ses forces.

Se levantó de la cama con todas sus fuerzas.

Il y a eu une forte détonation, mais ce n'était pas vraiment un bruit.

Se escuchó un fuerte estallido, pero no era realmente un ruido.

La chute avait été légèrement amortie par le tapis.

La caída había sido ligeramente suavizada por la alfombra.

Son dos était plus élastique que Gregor ne l'avait imaginé.

Su espalda era más elástica de lo que Gregor había pensado.

Le son était donc plus sourd et moins perceptible.

Así que el sonido era más apagado y no tan perceptible.

Mais il n'avait pas fait attention à sa tête pendant sa chute.

Pero no había cuidado su cabeza durante la caída.

Et lorsqu'il a touché le sol, il s'est aussi cogné la tête.

Y cuando golpeó el suelo también se golpeó la cabeza.

Il se frotta la tête sur le tapis, en colère et souffrant.

Se frotó la cabeza contra la alfombra con rabia y dolor.

Mais le gérant, qui se trouvait dans la pièce d'à côté, a entendu le bruit.

Pero el gerente de la habitación de al lado escuchó el ruido.

« Quelque chose est tombé là-dedans », a-t-il observé avec justesse.

"Algo cayó allí", observó correctamente.

Gregor essaya d'imaginer le manager dans sa situation.

Gregor intentó imaginarse al gerente en su situación.

« La même chose pourrait-elle lui arriver ? » se demanda-t-il.

"¿Podría pasarle lo mismo a él?" se preguntó.

Il a admis que cet étrange événement pouvait être possible.

Aceptó que este extraño acontecimiento pudiera ser posible.

Puis le chef de bureau fit quelques pas vers la pièce.

Y entonces el jefe de oficina dio unos pasos hacia la habitación.

C'était presque une réponse grossière à la question qu'il avait posée.

Fue casi una respuesta burda a la pregunta que hizo.

Ses bottes en cuir grinçaient lorsqu'il s'approcha de la porte.

Sus botas de cuero crujieron cuando se acercó a la puerta.

Depuis la pièce située à sa droite, sa servante lui chuchota quelque chose.

Desde la habitación de su derecha su criada le susurró:

"Gregor, le représentant autorisé est ici."
Gregor, el representante autorizado está aquí.
« Je sais », dit Gregor, mais seulement à voix basse pour lui-même.
—Lo sé —dijo Gregor, pero sólo en voz baja, para sí mismo.
Il n'osait pas élever la voix au-dessus d'un murmure.
No se atrevió a levantar la voz por encima de un susurro.
Parce que Gregor ne voulait pas que sa sœur l'entende.
Porque Gregor no quería que su hermana lo oyera.
« Gregor », dit le père depuis la pièce de gauche.
—Gregor —dijo el padre desde la habitación de la izquierda.
«Le responsable est venu vérifier quel est le problème.»
"El gerente ha venido a comprobar cuál es el problema".
« Il vous a demandé pourquoi vous n'aviez pas pris le premier train. »
"Él te preguntó por qué no saliste en el tren temprano."
« Nous ne savons pas quoi lui dire », a déclaré le père.
"No sabemos qué decirle", dijo el padre.
« D'ailleurs, il souhaite également vous parler personnellement. »
"Por cierto, también quiere hablar contigo personalmente."
« Veuillez ouvrir la porte, afin qu'il puisse vous parler. »
"Por favor, abre la puerta para que pueda hablar contigo."
« Il aura la gentillesse d'excuser le désordre dans la chambre. »
"Tendrá la amabilidad de disculpar el desorden en la habitación".
« Bonjour, Monsieur Samsa », lui lança le directeur.
"Buenos días, señor Samsa", le saludó el gerente.
Et il lui a certainement parlé de manière amicale.
Y ciertamente le habló de manera amistosa.
« Il ne se sent pas bien », dit la mère au gérant.
"No está bien", le dijo la madre al gerente.
« Il ne va pas bien du tout, croyez-moi, cher manager. »
"No se encuentra bien en absoluto, créame, querido gerente."
« Sinon, pourquoi Gregor aurait-il raté le train du matin ? »
¿Por qué si no, Gregor perdería el tren de la mañana?

«Le garçon ne pense qu'à ses affaires.»
"El chico no tiene nada en la cabeza excepto el negocio."
« Cela m'agace presque qu'il ne fasse rien d'autre. »
"Casi me molesta que no haga nada más".
« J'aimerais qu'il sorte le soir pour prendre l'air. »
"Me gustaría que saliera por las noches a tomar aire fresco".
« Il était en ville pendant huit jours pour affaires. »
"Estuvo en la ciudad ocho días por negocios."
« Mais il était chez lui tous les soirs. »
"Pero él estaba en casa todas esas noches"
«Il s'assoit à notre table et lit le journal.»
"Se sienta en nuestra mesa y lee el periódico".
« À d'autres moments, il étudie les horaires des trains. »
"En otras ocasiones, estudia los horarios de los trenes."
«Il lui arrive de s'occuper en faisant de la menuiserie.»
"A veces se mantiene ocupado con la carpintería".
« Par exemple, il a sculpté un petit cadre photo en bois. »
"Por ejemplo, talló un pequeño marco de madera para cuadros".
« Pendant deux ou trois soirées, il était occupé avec la scie. »
"Estuvo ocupado con la sierra durante dos o tres tardes".
«Vous serez étonné(e) de voir à quel point le cadre photo est joli.»
"Te sorprenderá lo bonito que es el marco de fotos".
«Il a accroché le cadre photo dans sa chambre.»
"Ha colgado el marco de fotos en su habitación."
« Quand il ouvrira la porte, vous verrez ses boiseries. »
"Cuando abra la puerta veréis su carpintería."
« Au fait, je suis ravi que vous soyez ici, Monsieur Prokurist. »
"Por cierto, me alegro de que esté aquí, señor Prokurist".
« Nous n'aurions pas pu, à nous seuls, forcer Gregor à ouvrir la porte. »
"Solos no habríamos podido lograr que Gregor abriera la puerta."
« Il est tellement têtu », a avoué sa mère au vendeur.
"Es muy terco", le confesó su madre al empleado.

« Il est certainement malade, même s'il l'a nié auparavant. »
"Ciertamente está enfermo, aunque antes lo negó".
« J'arrive tout de suite », dit Gregor lentement et
prudemment.
"Estaré allí enseguida", dijo Gregor lentamente y con cuidado.
Mais il ne fit aucun mouvement vers la porte de la pièce.
Pero no hizo ningún movimiento hacia la puerta de la
habitación.
Il ne voulait pas perdre un seul mot de la conversation.
No quería perderse ni una palabra de la conversación.
Le chef de bureau a approuvé l'évaluation de la mère.
El secretario jefe estuvo de acuerdo con la evaluación de la
madre.
« Je ne peux pas l'expliquer autrement non plus, madame. »
-Tampoco puedo explicarlo de otra manera, señora.
« Espérons tous qu'il ne souffre d'aucune maladie grave », a-
t-il déclaré.
"Esperemos que no tenga ninguna enfermedad grave", dijo.
« D'un autre côté, c'est un risque pour notre secteur. »
"Por otro lado, es un peligro en nuestra industria".
« Nous, les hommes d'affaires, devons souvent surmonter un
certain malaise. »
"Nosotros, los empresarios, a menudo tenemos que superar el
malestar."
« Les professionnels doivent simplement faire abstraction
des petites douleurs. »
"Los profesionales simplemente tienen que aguantar los
dolores leves".
Pendant ce temps, son père frappa de nouveau à l'autre
porte.
Mientras tanto su padre volvió a llamar a la otra puerta.
« Le chef de bureau peut-il entrer maintenant ? » demanda-t-
il.
"¿Puede entrar ahora el jefe de oficina?" quiso saber.
« Non, il ne peut pas », répondit Gregor à la question de son
père.
"No, no puede", respondió Gregor a la pregunta de su padre.

Un silence gênant s'installa dans la pièce de gauche.
Un silencio incómodo cayó en la habitación de la izquierda.
Dans la pièce de droite, la sœur se mit à sangloter.
En la habitación de la derecha la hermana comenzó a sollozar.
Pourquoi la sœur n'était-elle pas partie rejoindre les autres ?
¿Por qué la hermana no se había ido a estar con los demás?
Elle venait probablement de se lever, pensa-t-il.
Probablemente acababa de levantarse de la cama, pensó.
Elle n'a peut-être même pas encore commencé à s'habiller.
Es posible que ni siquiera haya empezado a vestirse todavía.
Mais Gregor ne comprenait pas pourquoi elle pleurait.
Pero Gregor no podía entender por qué ella lloraba.
Était-ce parce qu'il ne s'était pas levé pour laisser entrer le directeur ?
¿Fue porque no se levantó y dejó entrar al gerente?
Était-ce parce qu'il risquait de perdre son emploi ?
¿Fue porque estaba en peligro de perder su trabajo?
Le patron pourrait-il s'en prendre aux parents comme avant ?
¿Podría el jefe venir a buscar a los padres como antes?
Allait-il leur formuler à nouveau les mêmes exigences qu'auparavant ?
¿Iba a volver a hacerles las mismas exigencias de siempre?
Il n'y avait probablement pas lieu de s'inquiéter de ces choses-là.
Estas cosas probablemente no hacían que hubiera que preocuparse.
Pour le moment, elle n'avait aucune raison de pleurer.
Por el momento no tenía motivos para llorar.
Gregor était toujours là, subvenant aux besoins de sa famille.
Gregor todavía estaba allí, manteniendo a la familia.
Et il n'a jamais eu l'intention de quitter sa famille.
Y nunca tuvo intención de abandonar a la familia.
Pour le moment, il restait simplement allongé là, sur le tapis.
Por el momento, simplemente permaneció tendido sobre la alfombra.
La famille ignorait son état.

La familia desconocía la condición en la que se encontraba.

S'ils avaient su, ils n'auraient pas encouragé son patron.

Si lo hubieran sabido no habrían animado a su jefe.

Ils n'auraient même pas laissé entrer le gérant.

Ni siquiera habrían dejado entrar al gerente a la casa.

Le refouler n'aurait pas été particulièrement impoli.

No habría sido particularmente grosero rechazarlo.

Il aurait facilement pu trouver une excuse convenable plus tard.

Fácilmente podría haber encontrado una excusa adecuada más tarde.

Ce n'était pas un motif de licenciement.

No era algo por lo que lo hubieran podido despedir.

Gregor pensait qu'il serait plus judicieux de le laisser tranquille désormais.

Gregor pensó que ahora sería más sensato que lo dejaran solo.

Le déranger en pleurant et en parlant n'a pas beaucoup aidé.

Molestarlo con llantos y conversaciones no sirvió de mucho.

Mais c'était l'incertitude qui inquiétait les autres.

Pero fue la incertidumbre lo que molestó a los demás.

Et c'est cette incertitude qui a excusé leur comportement.

Y fue esta incertidumbre la que justificó su comportamiento.

« Monsieur Samsa », appela le directeur d'une voix forte.

—¡Señor Samsa! —gritó el gerente en voz alta.

« Qu'est-ce qui se passe avec toi ? » a-t-il voulu savoir.

"¿Qué te pasa?" quiso saber.

« Tu t'es barricadé dans ta chambre. »

"Te has atrincherado en tu habitación."

«Vous ne pouvez répondre que par «oui» ou «non».»

"Solo puedes responder con un 'sí' o un 'no'."

«Vous causez de sérieux soucis à vos parents.»

"Estás causando serias preocupaciones a tus padres."

« Je ne vois pas de bonne raison de les inquiéter. »

"No veo ninguna buena razón para preocuparlos".

« Il y a une autre chose que je mentionnerai en passant. »

"Hay otra cosa más que mencionaré de paso."

«Vous négligez également vos obligations professionnelles envers nous.»
"También estás descuidando tus obligaciones comerciales hacia nosotros".
« Une telle irresponsabilité ne vous ressemble pas du tout. »
"Esa irresponsabilidad está totalmente fuera de tu carácter".
« Je parle ici au nom de vos parents et de votre patron. »
"Hablo aquí en nombre de tus padres y de tu jefe".
« Et je vous demande une explication immédiate et claire. »
"Y os pido una explicación inmediata y clara."
« Je dois dire que tout cela m'étonne vraiment. »
"Todo esto realmente me sorprende, debo decir".
« Je pensais vous connaître comme une personne calme et raisonnable. »
"Pensé que te conocía como una persona tranquila y razonable."
« Mais maintenant, tu nous montres une autre facette de toi. »
"Pero ahora nos estás mostrando un lado diferente de ti".
«Vous faites soudain preuve de vos caprices très particuliers.»
"De repente estás mostrando tus caprichos tan peculiares."
« Mais il pourrait y avoir une explication à votre échec. »
"Pero podría haber una explicación para tu fracaso".
« Le patron a mentionné une dette que vous aviez recouvrée pour nous. »
"El jefe mencionó una deuda que usted había cobrado para nosotros."
« J'ai donné ma parole d'honneur au patron en votre nom. »
"Le di al jefe mi palabra de honor en tu nombre".
« Mais maintenant je vois votre obstination incompréhensible. »
"Pero ahora veo tu incomprensible terquedad."
« Je pourrais encore perdre toute envie de vous aider. »
"Aún podría perder todo mi deseo de ayudarte."
«Votre sécurité d'emploi n'est en aucun cas totalement stable.»

"Su seguridad laboral no es en absoluto totalmente estable".

« À l'origine, je comptais vous dire tout cela en privé. »

"Originalmente tenía la intención de contarte todo esto en privado".

« Mais maintenant je vois que vous voulez que je perde mon temps ici. »

"Pero ahora veo que quieres que pierda mi tiempo aquí".

«Je ne vois donc aucune raison pour que vos parents ne le sachent pas.»

"Así que no veo ninguna razón por la que tus padres no deberían saberlo."

«Vos récentes performances n'ont pas été satisfaisantes.»

"Su desempeño reciente no ha sido satisfactorio."

« Je reconnais que les ventes sont plus lentes à cette période de l'année. »

"Reconozco que las ventas son más lentas en esta época del año".

« Mais il n'y a pas de période de l'année où il n'y a pas de ventes. »

"Pero no hay época del año en que no haya ventas".

Pendant un instant, Gregor oublia tout ce qui l'entourait.

Por un momento Gregor olvidó todo lo que le rodeaba.

« Mais Monsieur Prokurist ! » s'écria Gregor, désespéré.

—¡Pero señor Prokurist! —gritó Gregor desesperado.

« J'ouvre la porte tout de suite, maintenant, ne vous inquiétez pas. »

"Abriré la puerta enseguida, ahora mismo, no te preocupes."

«Le problème, c'est que je ne me sens pas très bien.»

"El problema es que me he estado sintiendo bastante mal."

« Mes vertiges m'ont empêché d'atteindre la porte. »

"Mi mareo me impidió llegar a la puerta."

« Je suis encore au lit, mais je me sens beaucoup mieux. »

"Todavía estoy en cama, pero me siento mucho mejor."

«Un instant, s'il vous plaît, je viens de me lever.»

"Un momento por favor, me estoy levantando de la cama."

« Un instant de patience, c'est tout ce que je vous demande, Monsieur Prokurist. »

"Un momento de paciencia es todo lo que pido, señor
Prokurist."

« Ça ne se passe pas aussi bien que je le pensais, mais ça ira.
»

"No va tan bien como pensaba, pero estaré bien".

« Comment une telle chose peut-elle arriver à une personne
aussi rapidement ? »

"¿Cómo puede sucederle algo así a una persona tan
rápidamente?"

« Je me sentais bien hier soir, mes parents le savent. »

"Me sentí bien anoche, mis padres lo saben."

« Mais peut-être avais-je déjà un petit pressentiment à ce
moment-là. »

"Pero quizá ya tuve una pequeña premonición entonces."

«Vous pourriez vous demander pourquoi je ne l'ai pas
signalé au bureau.»

"Quizás te preguntes por qué no lo reporté en la oficina".

« Je pensais que je me sentirais beaucoup mieux demain
matin. »

"Pensé que me sentiría mucho mejor por la mañana".

« On pense toujours qu'ils auront vaincu la maladie d'ici là.
»

"Uno siempre piensa que para entonces ya habrá superado la
enfermedad."

« Mais je vous en prie ! Épargnez mes parents de ces
accusations ! »

"¡Pero por favor! ¡Libera a mis padres de estas acusaciones!"

« On ne m'a pas dit un mot de ce que vous m'avez dit. »

"No me han dicho ni una palabra de lo que me contaste."

« Il se peut que vous n'ayez pas lu les dernières commandes
que j'ai envoyées. »

"Puede que no hayas leído las últimas órdenes que envié".

« Au fait, vous n'avez pas à vous inquiéter pour moi
aujourd'hui. »

"Por cierto, no tienes que preocuparte por mí hoy."

«Je vais quand même prendre le train de huit heures.»

"Aun así voy a tomar el tren de las ocho."

« Ces quelques heures de repos m'ont suffisamment revigoré. »

"Las pocas horas de descanso me han fortalecido bastante".

« Vous n'avez vraiment pas besoin d'attendre, manager. »

"Realmente no hay necesidad de esperar, gerente."

« Moi aussi, je serai bientôt au bureau. »

"Yo también estaré en la oficina muy pronto."

« Et s'il vous plaît, ayez la gentillesse de dire un mot en ma faveur. »

"Y por favor, ten la amabilidad de decirme algo bueno".

Gregor avait donné son explication assez précipitamment.

Gregor había pronunciado su explicación con bastante precipitación.

Il ne savait pas vraiment ce qu'il essayait de dire.

Apenas sabía lo que realmente estaba tratando de decir.

Il s'est approché de la boîte et a essayé de s'en servir pour se lever.

Se acercó a la caja y trató de usarla para ponerse de pie.

Il avait vraiment l'intention d'ouvrir la porte.

Realmente tenía toda la intención de abrir la puerta.

Il souhaitait être reçu par le représentant autorisé.

Quería ser visto por el representante autorizado.

Et il voulait régler le problème avec lui personnellement.

Y quería resolver el problema con él personalmente.

Il était impatient de savoir comment les autres réagiraient à son égard.

Estaba ansioso por saber cómo reaccionarían los demás ante él.

Ils doivent maintenant être impatients de savoir comment il va.

Ya deben estar ansiosos por ver cómo está.

Il y avait deux façons possibles dont ils pouvaient réagir face à lui.

Había dos formas posibles en las que podían reaccionar ante él.

Une possibilité était qu'ils aient peur.

Una posibilidad era que estuvieran asustados.

S'ils avaient peur, alors il n'en était pas responsable.
Si estaban asustados entonces él no tenía ninguna responsabilidad.
Et alors, il n'aurait plus à s'inquiéter de la situation.
Y entonces no tendría que preocuparse por la situación.
Mais il y avait aussi une autre possibilité à envisager.
Pero también había otra posibilidad en la que pensar.
Peut-être accepteraient-ils sereinement sa personnalité.
Quizás aceptarían con calma su forma de ser.
Gregor n'aurait alors aucune raison de se fâcher non plus.
Entonces Gregor tampoco tendría motivos para enojarse.
Il y aurait encore assez de temps pour prendre le train.
Todavía habría tiempo suficiente para coger el tren.
Cependant, se tenir debout n'était pas une tâche facile.
Sin embargo, mantenerse en pie no fue una tarea fácil.
Lors de ses premières tentatives, il a glissé hors de la boîte.
En sus primeros intentos se resbaló de la caja.
La boîte était trop lisse pour qu'il puisse s'y appuyer.
La caja era demasiado lisa para que él pudiera apoyarse contra ella.
Et finalement, il se donna un dernier effort pour se relever.
Y finalmente se dio un último empujón para ponerse de pie.
Il ne prêta plus attention à la douleur qu'il ressentait à l'abdomen.
Ya no le prestó más atención al dolor en su abdomen.
Peu importe l'intensité de la douleur, il la surmonterait.
No importaba cuánto dolor sintiera, él lo superaría.
Il se laissa tomber contre le dossier d'une chaise voisine.
Se dejó caer contra el respaldo de una silla cercana.
Et il s'accrochait aux bords avec ses petites jambes.
Y se agarró a los bordes con sus pequeñas piernas.
À ce stade, il avait repris le contrôle de lui-même.
En ese momento ya tenía más control de sí mismo.
Et sa chute fut plus silencieuse que la précédente.
Y su caída fue más silenciosa que la anterior.
Parce qu'il devait écouter ce que disait le manager.
Porque tenía que escuchar lo que decía el gerente.

« Avez-vous compris quelque chose à tout cela ? » demanda-t-il aux parents.

¿Entendieron algo de eso?, preguntó a los padres.

« Il ne se moquerait pas de nous, n'est-ce pas ? »

"No se burlaría de nosotros, ¿verdad?"

« Pour l'amour de Dieu ! » s'écria la mère, déjà en larmes.

—¡Por Dios! —gritó la madre, ya llorando.

« Il est peut-être gravement malade et nous le tourmentons. »

"Puede que esté gravemente enfermo y lo estamos atormentando".

« Grete ! Grete ! » cria-t-elle à sa fille.

"¡Grete! ¡Grete!", le gritó a la hija.

« Maman ? » appela la sœur de l'autre côté.

"¿Mamá?" llamó la hermana desde el otro lado.

Ils ont ensuite communiqué par l'intermédiaire de la chambre de Gregor.

Luego se comunicaron a través de la habitación de Gregor.

« Gregor est très malade et il a besoin de médicaments. »

Gregor está muy enfermo y necesita medicamentos.

«Vous devrez aller chez le médecin immédiatement.»

"Tendrás que ir al médico inmediatamente."

« Tu as entendu comment Gregor parlait tout à l'heure ? »

¿Escuchaste cómo habló Gregor hace un momento?

« C'était la voix d'un animal », a déclaré le gérant.

"Esa era la voz de un animal", dijo el gerente.

Ses paroles étaient douces comparées aux cris de la mère.

Sus palabras eran silenciosas comparadas con los gritos de la madre.

« Anna ! Anna ! » appela le père depuis l'antichambre.

—¡Anna! ¡Anna! —llamó el padre desde la antesala.

Et il a claqué des mains pour attirer leur attention.

Y aplaudió para llamar su atención.

« Appelez immédiatement un serrurier ! » ordonna-t-il à la bonne.

"¡Llama a un cerrajero inmediatamente!" le ordenó a la criada.

Les filles, en jupes, traversèrent l'antichambre en courant.

Las muchachas, con sus faldas, corrían por la antesala.

Et leurs jupes bruissaient lorsqu'elles passèrent en courant devant sa chambre.

Y sus faldas crujieron mientras corrían frente a su habitación.

« Comment sa sœur a-t-elle fait pour s'habiller si vite ? » se demanda-t-il.

"¿Cómo se vistió la hermana tan rápido?" pensó.

La porte a été arrachée, mais elle n'a pas été claquée.

La puerta se abrió de golpe, pero no se cerró de golpe.

C'est fréquent dans les maisons où survient un grand malheur.

Esto es común en los hogares donde ocurre una gran desgracia.

Mais tout cela avait considérablement apaisé Gregor.

Pero todo esto había hecho que Gregor se volviera mucho más tranquilo.

Quand il entendait ses propres paroles, elles lui paraissaient claires.

Cuando escuchó sus propias palabras le parecieron claras.

En fait, il estimait que ses paroles avaient été plus claires.

De hecho, sintió que sus palabras habían sido más claras.

Mais les autres ne comprenaient plus ce qu'il disait.

Pero los demás ya no entendían lo que decía.

Peut-être s'était-il habitué à ses oreilles à ce moment-là.

Quizás ya se había acostumbrado a sus oídos.

Mais au moins, ils comprenaient maintenant mieux sa situation.

Pero al menos ahora entendían mejor su situación.

Ils se sont rendu compte qu'il y avait vraiment quelque chose qui n'allait pas chez lui.

Se dieron cuenta de que realmente había algo mal con él.

Et ils faisaient maintenant tout leur possible pour l'aider.

Y ahora estaban haciendo todo lo que podían para ayudarlo.

Cela redonna à Gregor un sentiment de confiance qui lui manquait.

Esto le dio a Gregor una sensación de confianza que le faltaba.

Et il se sentait de nouveau beaucoup plus en sécurité au sein de sa famille.

de sa famille.

Y se sintió nuevamente mucho más seguro en la familia.

Il avait le sentiment d'être à nouveau intégré au cercle humain.

Se sintió incluido nuevamente en el círculo humano.

Il ne lui restait plus qu'à espérer que le serrurier puisse ouvrir la porte.

Ahora tenía que esperar que el cerrajero pudiera abrir la puerta.

Et il espérait que le médecin serait capable d'accomplir de telles tâches.

Y esperaba que el médico pudiera realizar tales tareas.

Il allait bientôt devoir reprendre la parole.

Pronto tendría que hablar más.

Il allait falloir que sa voix soit aussi claire que possible.

Su voz tendría que ser lo más clara posible.

Pour se préparer à la réunion, il s'éclaircit la gorge.

Para prepararse para la reunión se aclaró la garganta.

Il s'efforçait toutefois de tousser très discrètement.

Sin embargo, hizo todo lo posible para toser muy silenciosamente.

Ce bruit pouvait être différent d'une toux humaine.

El ruido podría haber sonado diferente a una tos humana.

Il savait qu'il ne pouvait plus faire la différence entre de telles choses.

Sabía que ya no podía diferenciar esas cosas.

Dans la pièce voisine, le silence était total.

En la habitación contigua reinaba un silencio absoluto.

Les parents étaient probablement assis à table.

Los padres probablemente estaban sentados a la mesa.

Ils chuchotaient peut-être avec le gérant.

Quizás estaban susurrando con el gerente.

Peut-être que tout le monde était appuyé contre la porte et écoutait.

Quizás todos estaban apoyados en la puerta y escuchando.

Gregor poussa lentement la chaise vers la porte.

Gregor empujó lentamente la silla hacia la puerta.

Il s'appuya contre la porte et se tint droit.

Empujó la puerta y se mantuvo en pie.

Il a découvert que la plante de ses pieds était légèrement collée.

Se enteró de que las almohadillas de sus pies tenían un poco de pegamento.

Et il se reposa là un instant, épuisé.

Y descansó allí un momento del esfuerzo.

Après s'être suffisamment reposé, il s'attela à la tâche suivante.

Después de descansar lo suficiente, comenzó con la siguiente tarea.

Il commença à tourner la clé dans la serrure avec sa bouche.

Empezó a girar la llave en la cerradura con la boca.

Malheureusement, il semblait qu'il n'avait pas de dents.

Desafortunadamente, parecía que no tenía dientes reales.

Mais quel autre moyen avait-il pour s'emparer des clés ?

¿Pero qué otra forma tenía de conseguir las llaves?

Heureusement pour lui, ses mâchoires étaient bien sûr très fortes.

Afortunadamente para él, sus mandíbulas eran, por supuesto, muy fuertes.

Grâce à la force de ses mâchoires, il a vraiment réussi à faire bouger la clé.

Con la ayuda de sus mandíbulas realmente consiguió mover la llave.

Il ne doutait pas qu'il se faisait du mal à lui-même également.

No tenía ninguna duda de que él también se estaba haciendo daño.

Parce qu'un liquide brunâtre sortait de sa bouche.

Porque de su boca salía un líquido marrón.

Le liquide brunâtre a coulé sur la clé et le long de la porte.

El líquido marrón fluyó sobre la llave y por la puerta.

Mais Gregor ne se souciait pas de se faire du mal.

Pero a Gregorio no le importaba hacerse daño a sí mismo.

« Vous entendez ça ? » demanda le gérant dans la pièce voisine.

"¿Puedes oír eso?" dijo el gerente en la habitación de al lado.

« Il tourne la clé », avait remarqué le gérant.

"Está girando la llave", había notado el gerente.

Ces paroles furent un grand encouragement pour Gregor.

Estas palabras fueron un gran estímulo para Gregor.

Mais le père et la mère auraient également dû crier :

Pero el padre y la madre también deberían haber gritado:

« Bien joué, Gregor ! » auraient-ils dû lui crier.

«¡Bien, Gregor!», deberían haberle gritado.

«Continue, continue de tourner la clé, tu peux le faire.»

"Sigue adelante, sigue girando esa llave, puedes lograrlo".

Mais Gregor dut plutôt imaginer leur enthousiasme.

Pero Gregor tuvo que imaginarse su emoción.

Il serra les mâchoires de toutes ses forces.

Apretó las mandíbulas con toda la fuerza que tenía.

Et il continua à tourner la clé dans la serrure.

Y continuó girando la llave en la cerradura.

Son corps se tordit douloureusement en un cercle.

Dolorosamente su cuerpo se retorció en un círculo.

Il ne tenait plus debout qu'avec sa bouche.

Ahora se mantenía erguido únicamente con la boca.

Pour continuer à tourner la clé, il appuya contre la porte.

Para seguir girando la llave presionó contra la puerta.

Finalement, le claquement de la serrure réveilla de nouveau Gregor.

Finalmente el chasquido de la cerradura despertó de nuevo a Gregor.

« Je n'avais donc pas besoin du serrurier », soupira-t-il de soulagement.

"Así que no necesité al cerrajero", suspiró aliviado.

Il ne lui restait plus qu'à ouvrir la porte qu'il avait déverrouillée.

Ahora sólo faltaba abrir la puerta que había desbloqueado.

Et, la tête sur la poignée, il ouvrit la porte.

Y con la cabeza en el pomo abrió la puerta.

Il se trouvait derrière la porte qui donnait sur sa chambre.

Estaba detrás de la puerta que daba a su habitación.

La porte était donc déjà ouverte avant même qu'on puisse le voir.

Así que la puerta ya estaba abierta antes de que pudiera ser visto.

Il lui fallait ensuite se faufiler autour de la porte elle-même.

A continuación tuvo que maniobrar para rodear la puerta.

Ce mouvement difficile a également nécessité beaucoup d'efforts.

Este difícil movimiento también requirió mucho esfuerzo.

Il ne voulait pas tomber maladroitement dans la pièce voisine.

No quería caer torpemente en la habitación contigua.

Il n'avait donc pas le temps de prêter attention à quoi que ce soit d'autre.

Así que no tuvo tiempo de prestar atención a nada más.

Mais il entendit alors le chef de bureau s'exclamer bruyamment : « Oh ! »

Pero entonces oyó al jefe de oficina exclamar en voz alta: "¡Oh!".

On aurait dit que le vent soufflait en rafales dans la maison.

Sonaba como si el viento corriera a través de la casa.

Il se trouvait être celui qui était le plus proche de la porte.

Resultó que él era el que estaba más cerca de la puerta.

Et maintenant, en le voyant, il porta sa main à sa bouche.

Y al verlo, se llevó la mano a la boca.

Il recula lentement, s'éloignant de Gregor.

Se movió lentamente hacia atrás, alejándose de Gregor.

Mais c'était comme si une force invisible agissait sur lui.

Pero era como si una fuerza invisible actuara sobre él.

La première chose que fit la mère fut de regarder le père.

Lo primero que hizo la madre fue mirar al padre.

Malgré la présence du gérant, ses cheveux étaient en désordre.

A pesar de la presencia del gerente, su cabello estaba despeinado.

Elle déplia les bras et fit deux pas en avant.

Desplegó los brazos y dio dos pasos hacia adelante.

Mais elle s'est effondrée au milieu de sa jupe.
Pero entonces se desplomó en medio de su falda.
Sa robe s'est étalée tout autour d'elle sur le sol.
Su vestido se extendió a su alrededor en el suelo.
Et sa tête disparut sur sa poitrine.
Y su cabeza desapareció sobre sus propios pechos.
Le père serra le poing avec une expression hostile.
El padre apretó el puño con expresión hostil.
Il semblait vouloir que Gregor soit renvoyé dans sa chambre.
Parecía querer que Gregor fuera empujado de nuevo a su habitación.
Il jeta ensuite un regard incertain autour du salon.
Luego miró con incertidumbre alrededor de la sala de estar.
Et finalement, il se couvrit les yeux entre ses mains.
Y finalmente se cubrió los ojos entre las manos.
Et il pleura amèrement jusqu'à ce que sa poitrine puissante tremble.
Y lloró amargamente hasta que su poderoso pecho se estremeció.
Gregor n'est en réalité pas entré dans leur chambre.
Gregor en realidad no entró en su habitación.
Au lieu de cela, il s'appuya contre le cadre de la porte.
En lugar de eso, se apoyó contra el marco de la puerta.
Seule la moitié de son corps était visible de l'extérieur.
Para los que estaban desde fuera solo era visible la mitad de su cuerpo.
Et sur son corps reposait sa tête, inclinée sur le côté.
Y encima de su cuerpo estaba su cabeza, inclinada hacia un lado.
La lumière était désormais devenue beaucoup plus vive qu'auparavant.
Para entonces la luz se había vuelto mucho más brillante que antes.
On pouvait désormais voir clairement l'autre côté de la rue.
Ahora se podía ver claramente el otro lado de la calle.
Une partie de l'hôpital gris et interminable se dévoila.

Apareció una sección del interminable y gris hospital.

La pluie matinale n'avait pas encore complètement cessé de tomber.

La lluvia de la mañana aún no había parado del todo de caer.

Mais maintenant, les gouttes de pluie étaient plus grosses et plus espacées.

Pero ahora las gotas de lluvia eran más grandes y estaban más separadas.

Les plats du petit-déjeuner étaient disposés en abondance sur la table.

Los platos del desayuno estaban en abundancia en la mesa.

Le père considérait le petit-déjeuner comme le repas le plus important.

El padre pensaba que el desayuno era la comida más importante.

Le petit-déjeuner était un repas qu'il s'éternisait pendant des heures.

El desayuno era una comida que se prolongaba durante horas.

Et pendant ces heures, il lisait les différents journaux.

Y en esas horas leía los distintos periódicos.

Juste en face, sur le mur, était accrochée une photo de Gregor.

Justo en la pared opuesta colgaba una fotografía de Gregor.

La photographie accrochée au mur le montrait en lieutenant.

La fotografía en la pared lo mostraba como teniente.

C'était une photo de l'époque où il était dans l'armée.

Era una fotografía de su época en el ejército.

Sa main était posée sur son épée, et il arborait un sourire insouciant.

Su mano estaba sobre su espada y tenía una sonrisa despreocupada.

Sa posture et son uniforme imposaient un certain respect.

Su postura y su uniforme exigían cierto respeto.

L'autre porte qui menait à l'antichambre était également ouverte.

La otra puerta que conducía a la antesala también estaba abierta.

Et la porte de l'appartement était encore ouverte elle aussi.

Y la puerta del apartamento todavía estaba abierta también.

On pouvait voir jusqu'à la cour de l'immeuble.

Se podía ver hasta el patio delantero del apartamento.

Puis les escaliers descendaient sur la rue en contrebas.

Y luego las escaleras conducían a la calle de abajo.

Gregor était le seul à avoir gardé son sang-froid.

Gregor fue el único que mantuvo la compostura.

Il a constaté cela, la conversation était donc de sa responsabilité.

Él vio esto, por lo que la conversación era su responsabilidad.

« Bon, je vais m'habiller pour le travail maintenant », dit-il.

"Bueno, ahora me voy a vestir para ir a trabajar", dijo.

« Une fois que j'aurai emballé les échantillons de tissu, je partirai. »

"Después de haber empaquetado las muestras textiles, me iré."

«Vous comptez toujours me tirer dessus, Monsieur Prokurist ?»

"¿Aún tiene intención de dispararme, señor Prokurist?"

« Comme vous pouvez le constater, je ne suis pas aussi têtue que vous le pensiez. »

"Como puedes ver, no soy tan terco como pensabas."

« Et vous pouvez constater que j'aime bien travailler, après tout. »

"Y puedes ver que después de todo me gusta trabajar".

« Je peux admettre que voyager pour le travail n'est pas facile. »

"Puedo admitir que viajar por trabajo no es fácil".

« Mais je peux aussi accepter que cela fasse partie de mon travail. »

"Pero también puedo aceptar que es parte de mi trabajo".

« Chef de projet, où allez-vous ? Retournez-vous au bureau ? »

"Gerente, ¿adónde va? ¿De vuelta a la oficina?"

« Allez-vous rapporter fidèlement tout ce que vous avez vu ? »

"¿Informarás verazmente de todo lo que has visto?"

«Il arrive parfois qu'on soit dans l'incapacité d'aller travailler.»

"A veces sucede que uno no puede ir a trabajar."

« C'est le moment idéal pour se souvenir des succès passés. »

"Este es el momento adecuado para recordar los logros pasados".

« Une fois la difficulté surmontée, on travaille encore mieux. »

"Después de eliminar la dificultad, uno trabaja aún mejor."

« Ma diligence et ma concentration vont augmenter. »

"Mi diligencia y concentración aumentarán".

«Vous savez très bien que je suis redevable envers le patron.»

"Sabes muy bien que estoy en deuda con el jefe."

« Mais je suis aussi inquiète pour mes parents et ma sœur. »

"Pero también estoy preocupada por mis padres y mi hermana".

« Je suis dans une situation délicate, mais je vais m'en sortir. »

"Estoy en una situación difícil, pero encontraré la manera de salir de ella".

« Ne compliquez pas davantage les choses. »

"No hagas esto más difícil de lo que ya es."

« En tant que collègues, nous devons aussi nous entraider. »

"Como compañeros de trabajo también tenemos que ayudarnos unos a otros".

« Je sais que les employés de bureau n'aiment pas les voyageurs. »

"Sé que a los trabajadores de oficina no les gustan los viajeros".

«Vous croyez qu'on gagne des fortunes et qu'on mène une vie confortable.»

"¿Crees que ganamos una fortuna y llevamos una buena vida?"

« Ils n'ont aucune raison valable de tenir compte de leurs préjugés. »

"No tienen ningún motivo real para considerar sus prejuicios".

« Mais vous, agent habilité, votre rôle est différent. »

"Pero usted, oficial autorizado, tiene un papel diferente."

«Vous avez une meilleure vue d'ensemble que les autres membres du personnel.»

"Tienes una mejor visión general que el resto del personal".

« En fait, je pense que vous avez peut-être la meilleure vue d'ensemble. »

"De hecho, creo que probablemente tengas la mejor visión general".

«Vous avez une meilleure vision d'ensemble que le patron lui-même.»

"Tienes una visión mejor que el propio jefe".

« J'admets que c'est le patron qui fait le travail d'entrepreneur. »

"Admito que el jefe hace el trabajo empresarial".

« Mais il est facile de se tromper dans ses jugements. »

"Pero es fácil que sus juicios sean erróneos."

« Et ces petites erreurs de jugement peuvent nous être préjudiciables. »

"Y estos pequeños errores de juicio pueden ser en nuestro detrimento".

«Vous savez combien il est facile de parler du voyageur.»

"Ya sabes lo fácil que es hablar del viajero."

« Il n'est pas là pour défendre sa réputation contre les rumeurs. »

"Él no está allí para defender su reputación de los chismes".

« Ces accusations peuvent très bien n'être que des coïncidences. »

"Esas acusaciones pueden fácilmente ser meras coincidencias".

« Nombre de ces plaintes ne reposent même sur aucune vérité. »

"Muchas quejas ni siquiera tienen su base en ninguna verdad."

«Il est absent du bureau pendant presque toute l'année.»

"Está fuera de la oficina casi todo el año."

«Quelles chances a-t-il de défendre sa propre réputation ?»

¿Qué posibilidades tiene de defender su propia reputación?

«Il n'a même pas connaissance des accusations.»

"Ni siquiera se entera de las acusaciones".

«Il découvre ce qui a été dit lorsqu'il est trop tard.»

"Se entera de lo que se ha dicho cuando ya es demasiado tarde."

« À ce stade, il est épuisé par le voyage de la journée. »

A estas alturas ya está exhausto por el viaje del día.

« Il devra de toute façon en subir les terribles conséquences. »

"De todos modos, tendrá que experimentar las terribles consecuencias".

« Même s'il n'a aucun moyen de comprendre le problème. »

"Aunque no tiene forma de entender el problema."

« Oh, manager, ne partez pas sans me dire un mot. »

"Oh, gerente, no se vaya sin decirme una palabra".

«Dites-moi au moins que vous êtes d'accord avec moi en partie.»

"Al menos dime que estás de acuerdo conmigo en parte."

Mais le directeur s'était détourné de Gregor bien plus tôt.

Pero el manager se había alejado de Gregor mucho antes.

Son épaule tressaillit lorsqu'il se retourna vers Gregor.

Su hombro se contrajo cuando volvió a mirar a Gregor.

Et il n'est pas resté immobile une seule fois pendant tout son discours.

Y no se quedó quieto ni un solo momento durante su discurso.

Il se retournait vers Gregor, les lèvres pincées.

Él había mirado a Gregor con los labios fruncidos.

Il reculait progressivement vers la porte.

Se había ido retirando gradualmente hacia la puerta.

Mais il ne pouvait pas non plus détacher son regard de Gregor.

Pero tampoco podía apartar la mirada de Gregor.

Il avait l'impression qu'il lui était secrètement interdit de quitter la pièce.

Sintió como si hubiera una prohibición secreta de salir de la habitación.

Mais à ce stade, il se trouvait déjà dans le hall d'entrée.

Pero a estas alturas ya estaba en el vestíbulo de entrada.

Et soudain, il fit un mouvement vers la sortie.

Y ahora hizo un movimiento repentino hacia la salida.

Il tendit la main droite vers les escaliers.

Extendió su mano derecha hacia las escaleras.

Peut-être qu'une force surnaturelle attendait pour le sauver.

Quizás una fuerza sobrenatural estaba esperando para salvarlo.

Gregor savait qu'il ne pouvait pas le laisser partir comme ça.

Gregor sabía que no podía permitir que se fuera así.

Le manager ne doit pas revenir dans le même état d'esprit qu'avant.

El gerente no debe regresar con el mismo humor en el que estaba.

La sécurité de l'emploi de Gregor était fortement menacée.

La seguridad del trabajo de Gregor estaba en grave peligro.

Les parents ne comprenaient pas tout cela.

Los padres no podían comprender plenamente todo esto.

Au fil des ans, ils s'étaient habitués à sa sécurité d'emploi.

Con los años se habían acostumbrado a su seguridad laboral.

Et ils étaient convaincus qu'il avait ce poste à vie.

Y se convencieron de que tenía el trabajo de por vida.

Au lieu de cela, ils s'étaient préoccupés d'autres soucis.

En lugar de eso, se habían ocupado de otras preocupaciones.

Mais ces préoccupations leur ont fait perdre toute prévoyance.

Pero estas preocupaciones les hicieron perder toda previsión.

Gregor, cependant, n'avait pas perdu la clairvoyance de ses parents.

Gregor, sin embargo, no había perdido la previsión paterna.

Il a fallu que quelqu'un arrête le représentant autorisé.

Alguien tenía que detener al representante autorizado.

Il allait devoir le calmer et le convaincre.

Iba a tener que calmarlo y convencerlo.

L'avenir de Gregor et de sa famille en dépendait !

¡El futuro de Gregor y su familia dependía de ello!

Si seulement sa sœur intelligente avait été là pour l'aider.

Ojalá la inteligente hermana hubiera estado allí para ayudar.

Elle avait déjà pleuré alors que Gregor était encore dans sa chambre.

Ella ya había llorado cuando Gregor todavía estaba en su habitación.

À ce moment-là, il était simplement allongé tranquillement sur le dos.

En ese momento él simplemente yacía tranquilamente boca arriba.

Elle connaissait déjà l'importance de la situation à ce moment-là.

Ella ya sabía entonces la importancia de la situación.

Le directeur était connu pour avoir un faible pour les femmes.

El gerente tenía una debilidad bien conocida por las mujeres.

Elle aurait facilement pu le persuader de rester plus longtemps.

Ella fácilmente podría haberlo persuadido para que se quedara más tiempo.

Elle aurait fermé la porte et l'aurait fait rentrer.

Ella habría cerrado la puerta y lo habría guiado adentro.

Mais malheureusement, sa sœur était partie chercher un médecin.

Pero desafortunadamente la hermana había ido a buscar un médico.

Gregor n'avait donc pas d'autre choix que de le faire lui-même.

Así que Gregor no tuvo más remedio que hacerlo él mismo.

Il n'avait pas réfléchi à quelles étaient réellement ses capacités.

No había considerado cuáles eran realmente sus habilidades.

Et il avait oublié de se méfier de sa capacité à parler.

Y se había olvidado de desconfiar de su capacidad de hablar.

Mais il a néanmoins quitté la sécurité de sa chambre.

Pero aún así, abandonó la seguridad de su habitación.

Et il se faufila par l'ouverture de la pièce.

Y se abrió paso a través de la abertura de la habitación.

Le directeur était déjà en train de descendre les escaliers.

El gerente ya estaba bajando las escaleras.
Mais il s'accrochait à la rambarde à deux mains.
Pero él se agarraba a la barandilla con ambas manos.
Gregor tomba en se poussant à travers la porte.
Gregor se cayó mientras intentaba atravesar la puerta.
Il laissa échapper un petit cri en cherchant un appui.
Dejó escapar un pequeño grito mientras trataba de agarrar algo para apoyarse.
Mais au lieu de paniquer, il a ressenti un bien-être physique.
Pero en lugar de pánico, sintió un bienestar físico.
Pour la première fois ce matin-là, quelque chose semblait juste.
Por primera vez esa mañana algo se sintió bien.
Il avait désormais toutes les jambes bien ancrées au sol.
Todas sus piernas ahora tenían tierra sólida debajo de ellas.
Il était surpris de constater à quel point il contrôlait bien ses jambes.
Se sorprendió de lo bien que podía controlar sus piernas.
Il était heureux de constater que ses jambes lui obéissaient parfaitement.
Se alegró de notar que sus piernas le obedecían completamente.
En réalité, ses jambes le portaient partout où il le voulait.
De hecho, sus piernas lo llevaban a donde quería.
Bientôt, tous ses chagrins allaient prendre fin.
Pronto todas sus penas estaban destinadas a llegar a su fin.
Mais au même moment, sa propre mère se leva d'un bond.
Pero en ese mismo momento su propia madre saltó.
Ses bras étaient tendus et ses doigts écartés.
Sus brazos estaban extendidos y sus dedos separados.
Et elle s'est écriée : « Au secours ! Au nom de Dieu, que quelqu'un m'aide ! »
Y ella gritó: "¡Socorro! ¡Por el amor de Dios, que alguien ayude!"
Elle inclina la tête ; elle voulait mieux voir Gregor.
Ella inclinó la cabeza; quería ver mejor a Gregor.

Mais contrairement à sa première action, elle est revenue en courant.

Pero en contraposición a la primera acción, ella corrió hacia atrás.

Elle avait oublié que la table était mise derrière elle.

Se había olvidado que la mesa estaba puesta detrás de ella.

Tout ce qui était prévu pour le petit-déjeuner était encore sur la table.

Todos los elementos para el desayuno todavía estaban en la mesa.

Elle s'assit précipitamment sur la table, comme distraite.

Se sentó apresuradamente en la mesa, como distraída.

Et elle n'a pas semblé remarquer le café renversé.

Y ella no pareció darse cuenta del café derramado.

Le café était maintenant en train d'imbiber la moquette.

El café que ahora estaba empapando la alfombra.

« Maman, maman », dit doucement Gregor en levant les yeux vers elle.

—Mamá, madre —dijo Gregor suavemente, mirándola.

Pour le moment, le manager ne lui importait pas.

Por el momento el manager no era importante para él.

Mais il y avait aussi le café qui coulait sur la moquette.

Pero también estaba el café goteando sobre la alfombra.

Gregor n'a pas pu s'empêcher de claquer des dents devant le café.

Gregor no pudo resistirse a chasquear las mandíbulas al tomar el café.

La mère se remit à pleurer à cause de son comportement.

La madre comenzó a llorar nuevamente por su comportamiento.

Elle a sauté de la table pour prendre ses distances avec lui.

Ella saltó de la mesa para distanciarse de él.

Et elle s'est réfugiée dans les bras de son père.

Y ella corrió a los brazos del padre, buscando seguridad.

Mais Gregor n'avait plus de temps à consacrer à ses parents.

Pero Gregor ya no tenía tiempo que perder con sus padres.

L'agent habilité se trouvait déjà dans l'escalier.

El oficial autorizado ya estaba en las escaleras.

Il avait le menton appuyé sur la rambarde, pour regarder à l'intérieur de la maison.

Apoyó la barbilla en la barandilla para mirar dentro de la casa.

Apparemment, il voulait jeter un dernier coup d'œil au spectacle.

Al parecer quería echar un último vistazo al espectáculo.

Et Gregor fit un dernier effort pour joindre le directeur.

Y Gregor hizo un último esfuerzo para llegar hasta el gerente.

Il courut vers la porte aussi prudemment qu'il le put.

Corrió hacia la puerta tan seguro como pudo.

Mais le chef de bureau devait se douter de quelque chose.

Pero el jefe de oficina debía de sospechar algo.

Parce qu'il a descendu quelques marches et a disparu.

Porque saltó varios escalones y desapareció.

« Hein ! » s'écria Gregor, sa voix résonnant dans la cage d'escalier.

—¡Huh! —gritó Gregor, resonando en la escalera.

La fuite du manager sembla également déconcerter son père.

La fuga del gerente también pareció confundir a su padre.

Jusque-là, il était parvenu à garder son calme.

Hasta entonces había conseguido mantener la compostura.

Mais malheureusement, lui aussi a perdu le sang-froid qu'il avait eu.

Pero desgraciadamente él también perdió la compostura que había tenido.

Il aurait dû aider Gregor dans sa quête.

Lo que debería haber hecho es ayudar a Gregor en su persecución.

Mais, d'une main, il saisit la canne du directeur.

Pero con una mano agarró el bastón del gerente.

Et dans l'autre main, il tenait maintenant un journal.

Y en la otra mano sostenía ahora un periódico.

Et il entravait désormais directement Gregor dans sa poursuite.

Y ahora estorbó directamente a Gregor en su persecución.

Il s'était placé entre Gregor et la rue.

Se había colocado entre Gregor y la calle.

Il tapa du pied et agita le bâton et le journal.

Golpeó el suelo con los pies y agitó el palo y el periódico.

Et il forçait activement Gregor à retourner dans sa chambre.

Y él estaba forzando activamente a Gregor a regresar a su habitación.

Aucune des demandes formulées par Gregor n'a été utile.

Ninguna de las peticiones que Gregor intentó hacer sirvió de algo.

Parce qu'aucune de ses demandes n'a été comprise.

Porque ninguna de las peticiones que hizo fue entendida.

Il tourna la tête vers un angle plus profond et plus humble.

Giró la cabeza hacia un ángulo más profundo y humilde.

Mais son père répondit en tapant du pied encore plus fort.

Pero su padre respondió golpeando el suelo con más fuerza.

La mère ouvrit une fenêtre, malgré la fraîcheur ambiante.

La madre abrió una ventana, a pesar del clima frío.

Et elle enfouit son visage dans ses mains froides.

Y apretó su cara entre sus manos en el frío.

Le vent pouvait désormais traverser tout l'appartement.

El viento ahora podría pasar por todo el apartamento.

Un fort courant d'air soufflait de l'escalier vers la ruelle.

Una fuerte corriente de aire soplaba desde la escalera hacia el callejón.

Les rideaux claquaient sous l'effet du vent violent.

Las cortinas se agitaban a causa del fuerte viento.

Et le journal posé sur la table bruissait dans le vent.

Y el periódico sobre la mesa crujió con el viento.

Même des feuilles ont été soufflées à l'intérieur de la maison depuis l'extérieur.

Incluso algunas hojas fueron arrastradas hasta el interior de la casa desde el exterior.

Le père tapa du pied et poussa sans relâche.

El padre pateaba y empujaba sin descanso.

Et il sifflait et émettait des bruits comme un homme sauvage.

Y silbaba y hacía ruidos como lo haría un hombre salvaje.

Mais Gregor ne s'était pas encore entraîné à marcher à reculons.

Pero Gregor aún no había practicado el caminar hacia atrás.

Même Gregor admettrait que ce mouvement était beaucoup plus lent.

Incluso Gregor admitiría que este movimiento era mucho más lento.

Tout ce qu'il souhaitait, c'était avoir la possibilité de faire demi-tour.

Pero lo único que quería era la oportunidad de cambiar las cosas.

Il serait alors allé directement dans sa chambre.

Entonces se habría ido directamente a su habitación.

Mais il avait trop peur d'impatienter son père.

Pero tenía demasiado miedo de impacientar a su padre.

Et il y avait la menace d'un coup de bâton.

Y allí estaba la amenaza de un golpe con el palo.

Un tel coup à l'arrière de la tête pourrait être fatal.

Un golpe así en la parte posterior de la cabeza podría ser fatal.

Mais finalement, Gregor n'avait pas d'autre choix.

Pero al final Gregor no tuvo otra opción.

Il s'est rendu compte qu'il ne pouvait même plus marcher droit à reculons.

Se dio cuenta de que ni siquiera podía caminar hacia atrás en línea recta.

Il commença à se retourner aussi vite qu'il le put.

Empezó a girar tan rápido como pudo.

Mais en réalité, ce mouvement de rotation était tout aussi lent.

Pero en realidad este movimiento giratorio era igualmente lento.

Et il fut suivi des regards anxieux du père.

Y le siguieron las miradas ansiosas del padre.

Peut-être le père avait-il remarqué les bonnes intentions de Gregor.

Quizás el padre notó las buenas intenciones de Gregor.

Parce qu'il ne l'a pas empêché de se retourner.

Porque no le impidió darse la vuelta.

Il a même utilisé le bout de son bâton pour guider la rotation.

Incluso utilizó la punta de su bastón para guiar la rotación.

Mais Gregor aurait préféré que son père ne lui ait pas sifflé dessus !

¡Pero Gregor aún deseaba que su padre no le hubiera silbado!

Le sifflement ne fit qu'ajouter à la confusion du moment.

El silbido sólo aumentó la confusión del momento.

Puis il a commis une erreur et a tourné dans la mauvaise direction.

Y luego cometió un error y giró en la dirección equivocada.

Finalement, il a réussi à se tourner dans la bonne direction.

Al final logró encarar el camino correcto.

Et il était satisfait des progrès qu'il avait accomplis.

Y estaba satisfecho con el progreso que había logrado.

Mais un autre problème est alors devenu encore plus évident.

Pero entonces el siguiente problema se hizo aún más evidente.

Son corps était trop large pour passer facilement la porte.

Su cuerpo era demasiado ancho para pasar fácilmente por la puerta.

Dans son état actuel, le père ne s'en est pas aperçu.

En su estado actual el padre no se dio cuenta de esto.

Il ne lui vint donc pas à l'esprit d'ouvrir davantage la porte.

Así que no se le ocurrió abrir más la puerta.

Il y aurait alors eu suffisamment de place pour Gregor.

Entonces habría habido suficiente espacio para Gregor.

Sa seule priorité était de faire entrer Gregor dans sa chambre.

Su única prioridad era conseguir que Gregor entrara a su habitación.

Il aurait dû se lever pour passer la porte.

Habría tenido que ponerse de pie para poder pasar por la puerta.

Mais le père n'aurait pas permis une telle manœuvre.

Pero el padre no hubiera permitido tal maniobra.

En fait, il le sifflait encore plus sauvagement qu'avant.

De hecho, le estaba siseando aún más salvajemente que antes.

On aurait dit qu'il y avait plus d'un homme qui lui sifflait dessus.

Sonaba como si más de un hombre le estuviera silbando.

Ses revendications semblaient revêtir une nouvelle urgence.

Sus demandas parecían tener una nueva urgencia detrás.

Il n'y avait vraiment plus de temps à perdre.

Realmente ya no había más tiempo para perder el tiempo.

Quoi qu'il arrive, Gregor devait franchir la porte.

Pasara lo que pasara, Gregor tenía que atravesar la puerta.

Il s'est imposé sans aucun égard pour lui-même.

Se abrió paso sin ningún respeto por sí mismo.

Un côté de son corps fut projeté vers le haut par le mouvement.

Un lado de su cuerpo fue empujado hacia arriba por el movimiento.

Et il était allongé de travers, maladroitement, dans l'embrasure de la porte.

Y él yacía torpe y torcido en el umbral de la puerta.

Un de ses flancs était à vif à cause du frottement contre le bois.

Uno de sus flancos quedó en carne viva rozando la madera.

Et il avait laissé des taches disgracieuses sur la porte peinte en blanc.

Y había dejado feas manchas en la puerta pintada de blanco.

Les jambes d'un de ses côtés pendaient en tremblant dans le vide.

Las piernas de uno de sus costados colgaban temblando en el aire.

Ses autres jambes étaient douloureusement enfoncées dans le sol.

Sus otras piernas estaban presionadas dolorosamente contra el suelo.

Bientôt, il allait se retrouver complètement coincé entre la porte et le mur.

Pronto se quedaría atrapado completamente entre las puertas.

Et alors, il n'aurait plus pu bouger du tout.

Y entonces no habría podido moverse en absoluto.

Mais le père lui a donné une forte impulsion véritablement libératrice.

Pero el padre le dio un fuerte empujón realmente liberador.

Et il tomba, ensanglanté, loin dans sa chambre.

Y cayó, sangrando profusamente, hasta el fondo de su habitación.

Le père claqua la porte derrière lui avec sa canne.

El padre cerró la puerta tras de sí con su bastón.

Et puis, enfin, le calme et la tranquillité revinrent.

Y finalmente hubo algo de paz y tranquilidad nuevamente.

Deuxième partie
Segunda parte

Gregor ne s'est réveillé que bien plus tard dans la journée.

Gregor no se despertó hasta mucho más tarde ese mismo día.

Le crépuscule était tombé ; il avait dormi profondément, inconsciemment.

Había anochecido; había dormido profundamente e inconscientemente.

Il se serait réveillé même sans avoir été dérangé.

Se habría despertado incluso sin que nadie lo hubiera molestado.

Parce qu'il se sentait suffisamment reposé et avait bien dormi.

Porque se sentía suficientemente descansado y bien dormido.

Mais il crut entendre quelques pas furtifs à l'extérieur.

Pero le pareció oír unos pasos fugaces afuera.

Et quelqu'un aurait pu refermer soigneusement la porte d'entrée.

Y alguien podría haber cerrado cuidadosamente la puerta principal.

La lumière du tramway électrique se projetait faiblement au plafond.

La luz del tranvía eléctrico se reflejaba pálidamente en el techo.

Le dessus du meuble a également reçu un peu de lumière.

La parte superior del mueble también recibió un poco de luz.

Mais en bas, au niveau de Gregor, il faisait sombre.

Pero allá abajo, a la altura de Gregor, estaba oscuro.

Ses jambes le poussèrent lentement de nouveau vers la porte.

Sus piernas lo empujaron lentamente hacia la puerta nuevamente.

Il était très curieux de voir ce qui s'était passé là-bas.

Tenía mucha curiosidad por ver qué había sucedido allí.

Mais le contrôle de ses antennes n'était pas encore développé.

Pero su control de sus sensores aún no estaba desarrollado.

Bien qu'il ait commencé à apprécier ces nouveaux capteurs.

Aunque empezó a apreciar estos nuevos sensores.

Une longue et disgracieuse cicatrice semblait lui barrer le flanc gauche.

Una cicatriz larga y desagradable parecía recorrer su costado izquierdo.

La cicatrice lui donnait l'impression de contracter ce côté de son corps.

La cicatriz parecía como si apretara ese lado de su cuerpo.

Il devait donc littéralement boiter en s'appuyant sur ses deux rangées de pattes.

Y entonces tuvo que cojear literalmente sobre sus dos filas de piernas.

L'une de ses jambes avait été grièvement blessée ce matin-là.

Esa mañana una de sus piernas resultó gravemente herida.

C'était vraiment un miracle qu'il ne se soit pas cassé plus de jambes.

Realmente fue un milagro que no se hubiera roto más piernas.

Et il traîna donc sa jambe blessée, inerte, derrière lui.

Y así arrastró sin vida su pierna herida.

Lorsqu'il atteignit la porte, il réalisa quelque chose de profond.

Cuando llegó a la puerta se dio cuenta de algo profundo.

C'était l'odeur de quelque chose qui l'avait attiré là.

Fue el olor de algo lo que lo atrajo hasta allí.

Quelque chose de comestible avait été laissé pour Gregor dans sa chambre.

A Gregor le habían dejado algo comestible en su habitación.

Des morceaux de pain blanc flottant dans un bol de lait sucré.

Trozos de pan blanco flotando en un cuenco de leche dulce.

Il pouvait à peine contenir la joie qui l'habitait.

Apenas podía contener la alegría que había dentro de él.

Il avait encore plus faim maintenant que le matin.

Ahora tenía incluso más hambre que por la mañana.

Il plongea aussitôt la tête dans le bol de lait.

Inmediatamente sumergió su cabeza en el cuenco de leche.

Le lait lui recouvrait presque toute la tête, jusqu'aux yeux.

La leche le salía casi por toda la cabeza, hasta los ojos.

Mais il a rapidement retiré sa tête, amèrement déçu.

Pero pronto echó la cabeza hacia atrás, amargamente decepcionado.

L'alimentation était difficile en raison de la fragilité de son côté gauche.

Comer era difícil debido a su delicado lado izquierdo.

Et il ne pouvait manger qu'en haletant de tout son corps.

Y sólo podía comer jadeando con todo su cuerpo.

Mais ce n'était pas la véritable raison de sa déception.

Pero esa no fue la verdadera razón de su decepción.

Le lait avait toujours été l'un de ses plats préférés.

La leche siempre había sido uno de sus platos favoritos.

Il ne doutait pas que sa sœur s'en souvenait.

No tenía ninguna duda de que su hermana recordaba esto.

Et c'est pour cela qu'elle lui avait donné du lait.

Y esa fue la razón por la que le había dado leche.

Il n'a pas su expliquer pourquoi il n'aimait plus le lait.

No podía explicar por qué ahora no le gustaba la leche.

Et il se détourna du bol presque à contrecœur.

Y se apartó del cuenco casi con reticencia.

Déçu, il retourna en rampant au milieu de la pièce.

Decepcionado, se arrastró de nuevo hasta el centro de la habitación.

De là, il pouvait voir à travers la fente de la porte.

Desde allí pudo ver a través de la rendija de la puerta.

Il pouvait voir que le feu était allumé dans le salon.

Pudo ver que el fuego en la sala de estar estaba encendido.

Habituellement, à cette heure-ci, le père lisait le journal.

Generalmente a esta hora el padre leía el periódico.

Il avait toujours l'habitude de lire à sa mère à voix haute.

Él siempre solía leerle a la madre en voz alta.

Parfois, la sœur écoutait aussi les conversations du père.

A veces la hermana también escuchaba al padre.

Elle avait toujours parlé à Gregor de ces lectures à voix haute.

Ella siempre le había contado a Gregor sobre esta lectura en voz alta.

Mais aujourd'hui, aucun son ne provenait de la pièce.

Pero hoy no se oía ningún sonido en la habitación.

Peut-être cette habitude s'était-elle déjà perdue.

Quizás este hábito ya había caído en desuso.

Un silence profond s'était installé dans tout l'appartement.

Un profundo silencio se había apoderado de todo el apartamento.

Bien qu'il sût que l'appartement n'était certainement pas vide.

Aunque sabía que el apartamento ciertamente no estaba vacío.

« Quelle vie tranquille mène cette famille », pensa Gregor.

«¡Qué vida tan tranquila lleva la familia!», pensó Gregor.

Et il fixa l'obscurité avec une grande fierté.

Y miró hacia la oscuridad con gran orgullo.

Il était fier de la vie qu'il avait pu leur offrir.

Estaba orgulloso de la vida que había podido darles.

Il était fier du bel appartement qu'ils occupaient.

Estaba orgulloso del hermoso apartamento en el que vivían.

Mais cette paix était-elle sur le point de connaître une fin tragique ?

¿Pero toda esta paz estaba a punto de tener un final terrible?

Allait-on leur ravir leur prospérité ?

¿Les iban a quitar su prosperidad?

Leur bonheur était-il désormais incertain pour l'avenir ?

¿Su satisfacción ahora era incierta en el futuro?

Mais il ne voulait pas se perdre dans de telles pensées.

Pero él no quería perderse en tales pensamientos.

Pour s'occuper, il grimpait et descendait les murs.

Para mantenerse ocupado se arrastraba arriba y abajo por las paredes.

Durant cette longue soirée, une porte était entrouverte.

Durante la larga velada una puerta estaba entreabierta.

Et à un autre moment, l'autre porte s'ouvrit légèrement.

Y en otro momento la otra puerta se abrió un poquito.
Mais à chaque fois, les portes se sont refermées aussitôt.
Pero en ambas ocasiones las puertas se cerraron rápidamente
de nuevo.
De toute évidence, quelqu'un à l'extérieur souhaitait entrer.
Estaba claro que alguien de fuera tenía el deseo de entrar.
Mais ils avaient aussi trop d'inquiétudes à l'idée de venir.
Pero también tenían demasiadas preocupaciones acerca de
venir.
Gregor s'arrêta alors net devant la porte du salon.
Gregor ahora se detuvo directamente en la puerta de la sala de
estar.
**Il était déterminé à trouver un moyen de tenter le visiteur
hésitant.**
Estaba decidido a tentar de algún modo al indeciso visitante.
Il voulait aussi savoir qui était le visiteur.
Y también quería saber quién había sido el visitante.
Mais ce soir-là, la porte ne fut pas ouverte une troisième fois.
Pero aquella noche la puerta no se abrió una tercera vez.
**Et Gregor passa son temps à attendre en vain près de la
porte.**
Y Gregorio esperaba en vano junto a la puerta.
**Plus tôt dans la journée, ils avaient tous voulu entrer dans la
pièce.**
Más temprano ese día todos querían entrar a la habitación.
**Maintenant que les portes étaient déverrouillées, ce serait
plus facile pour eux.**
Ahora que las puertas estaban desbloqueadas sería más fácil
para ellos.
Mais ils ont choisi de rester de l'autre côté de la pièce.
Pero ellos prefirieron quedarse al otro lado de la habitación.
**Gregor remarqua que les clés n'étaient plus dans leurs
serrures.**
Gregor se dio cuenta de que las llaves ya no estaban en sus
cerraduras.
Quelqu'un a dû déplacer les clés vers la serrure extérieure.
Alguien debe haber movido las llaves a la cerradura exterior.

Ce n'est que tard dans la nuit que la lumière du salon était éteinte.

Sólo tarde por la noche se apagó la luz de la sala de estar.

La famille a dû rester éveillée tout ce temps.

La familia debe haber permanecido despierta todo el tiempo.

Et Gregor pouvait clairement les entendre s'éloigner sur la pointe des pieds.

Y Gregor podía oírlos claramente alejándose de puntillas.

Désormais, personne n'allait venir voir Gregor avant le lendemain matin.

Ahora nadie vendría a ver a Gregor hasta la mañana.

Il eut donc tout le temps d'être seul, de réfléchir en toute tranquillité.

Así que tuvo mucho tiempo para sí mismo, para pensar sin interrupciones.

Quelle serait la meilleure façon de réorganiser sa vie maintenant ?

¿Cuál sería la mejor manera de reorganizar su vida ahora?

Mais les hauts murs de la pièce vide l'effrayaient.

Pero las altas paredes de la habitación vacía lo asustaban.

Il n'avait pas d'autre choix que de s'allonger à plat ventre sur le sol.

No le quedó más remedio que tumbarse en el suelo.

Et il n'a jamais trouvé la cause de sa peur dans cet espace.

Y nunca encontró la causa de su miedo en ese espacio.

C'était la même pièce où il avait vécu pendant cinq ans.

Era la misma habitación en la que había vivido durante cinco años.

Semi-consciemment, il fit un mouvement vers le canapé.

Medio inconscientemente hizo un movimiento hacia el sofá.

Et sans aucune honte, il se cacha sous le canapé.

Y sin ninguna vergüenza se escondió debajo del sofá.

Là-bas, il se sentit immédiatement de nouveau très à l'aise.

Allí abajo se sintió inmediatamente de nuevo muy a gusto.

Bien que son dos soit un peu comprimé.

A pesar de que tenía la espalda un poco presionada.

Il ne pouvait plus non plus lever la tête sous le canapé.

Ya no podía levantar la cabeza debajo del sofá.
Mais même cela, il préférait éviter de se trouver dans un espace ouvert.
Pero incluso esto lo prefería a estar en cualquier espacio abierto.
Il regrettait toutefois que son corps soit si large.
Sin embargo, lamentó que su cuerpo fuera tan ancho.
Le canapé ne pouvait pas recouvrir entièrement son corps.
El sofá no podía cubrir completamente todo su cuerpo.
Il est resté sous le canapé toute la nuit.
Se quedó debajo del sofá toda la noche.
Il passa la nuit à moitié endormi, troublé par sa faim.
La noche la pasó medio dormido, perturbado por el hambre.
Et le temps qu'il passait éveillé, il le consacrait soit à s'inquiéter, soit à espérer.
Y el tiempo que estaba despierto lo pasaba preocupado o esperanzado.
Mais tous ses vagues espoirs menaient à la même conclusion.
Pero todas sus vagas esperanzas llevaron a la misma conclusión.
Il n'avait d'autre choix que de rester silencieux pour le moment.
No tuvo más remedio que permanecer en silencio por el momento.
Il devait faire preuve de patience et de considération envers la famille.
Tuvo que mostrar paciencia y consideración hacia la familia.
C'était le seul moyen de rendre ce désagrément supportable.
Era la única manera de hacer soportable el inconveniente.
Le désagrément qu'il imposait désormais à la famille.
Los inconvenientes que ahora estaba causando a la familia.
Il n'a pas eu à attendre longtemps pour prouver sa compassion.
No tuvo que esperar mucho para demostrar su compasión.
Tôt le matin, sa sœur jeta un coup d'œil dans sa chambre.

Temprano por la mañana la hermana miró dentro de su habitación.

En réalité, c'était autant la nuit que le matin.

Aunque en realidad era tan de noche como de mañana.

Elle était entièrement habillée et semblait éprouver de l'excitation.

Ella estaba completamente vestida y parecía mostrar entusiasmo.

La solidité de sa décision nouvellement prise pourrait être mise à l'épreuve.

La fuerza de su nueva decisión podría ser puesta a prueba.

Elle ne l'a pas immédiatement repéré au premier coup d'œil.

Ella no lo encontró inmediatamente con su primera mirada.

Il devait forcément être quelque part ; il n'aurait pas pu s'envoler.

Tenía que estar en algún lugar, no podía haber volado.

Puis son regard parcourut une seconde fois la pièce.

Pero entonces sus ojos hicieron un segundo recorrido por la habitación.

Et cette fois, elle a aperçu son torse sous le canapé.

Y esta vez vio su torso debajo del sofá.

Elle était si effrayée qu'elle a perdu tout contrôle d'elle-même.

Estaba tan asustada que perdió todo el control de sí misma.

Et sa première réaction fut de claquer la porte à nouveau.

Y su primera reacción fue cerrar la puerta de golpe.

Mais elle a aussi semblé immédiatement regretter son comportement.

Pero también pareció arrepentirse inmediatamente de su comportamiento.

Aussitôt qu'elle eut claqué la porte, elle la rouvrit.

Tan pronto como cerró la puerta de golpe, la abrió de nuevo.

Et cette fois, elle entra dans la pièce sur la pointe des pieds.

Y esta vez entró de puntillas en la habitación con cuidado.

Elle se déplaçait comme si elle rendait visite à une personne gravement malade.

Se movía como si estuviera visitando a una persona gravemente enferma.

Ou bien elle rendait visite à un parfait inconnu.

O tal vez estaba visitando a un completo desconocido.

Gregor poussa sa tête presque jusqu'au bord du canapé.

Gregor empujó su cabeza casi hasta el borde del sofá.

Et, caché sous le coffre-fort, il l'observait dans la pièce.

Y desde debajo de la caja fuerte la observaba en la habitación.

Allait-elle remarquer qu'il avait oublié le lait ?

¿Se daría cuenta de que había dejado la leche?

Il n'avait pas laissé le lait par manque de faim.

No había dejado la leche por falta de hambre.

Allait-elle lui apporter un autre plat ?

¿En lugar de eso le traería comida diferente?

Peut-être un plat qui corresponde mieux à ses goûts.

Quizás un plato que se ajustara mejor a sus preferencias.

Mais elle aurait dû remarquer elle-même son appétit.

Pero ella misma habría tenido que notar su apetito.

Il aurait préféré mourir de faim plutôt que de lui en parler.

Preferiría morir de hambre antes que hacerle saber eso.

En réalité, il aurait beaucoup aimé le lui dire.

En realidad le habría gustado mucho decírselo.

Il était vraiment tenté de tirer sur lui depuis sous le canapé.

Estuvo realmente tentado de disparar desde debajo del sofá.

Il avait envie de se jeter aux pieds de sa sœur.

Quería arrojarse a los pies de su hermana.

Et il voulait lui demander quelque chose de bon à manger.

Y quiso pedirle algo bueno para comer.

Mais la sœur regarda alors le bol de lait.

Pero entonces la hermana miró hacia el cuenco de leche.

Elle remarqua aussitôt que le bol était encore plein.

Inmediatamente se dio cuenta de que el cuenco todavía estaba lleno.

Elle était plutôt surprise que Gregor n'ait rien mangé.

Le sorprendió bastante que Gregor no hubiera comido nada.

Seul un peu de lait avait été renversé sur le sol.

Sólo se había derramado un poco de leche en el suelo.

Elle a aussitôt ramassé le bol et l'a emporté.
Inmediatamente cogió el cuenco y lo sacó.
Il vit qu'elle ne ramassait pas le bol à mains nues.
Él vio que ella no recogió el cuenco con sus propias manos.
Au lieu de cela, elle ramassa le bol à l'aide d'un des chiffons.
En lugar de eso, recogió el cuenco con uno de los trapos.
Mais Gregor oublia très vite ce petit détail.
Pero Gregor se olvidó muy rápidamente de este pequeño detalle.
Il était désormais beaucoup plus enthousiaste à propos d'autre chose.
Ahora estaba mucho más entusiasmado por otra cosa.
Qu'est-ce qu'elle pourrait apporter à la place du lait ?
¿Qué podría traer como reemplazo de la leche?
Il avait diverses idées sur ce qu'elle pourrait apporter.
Tenía varios pensamientos sobre lo que ella podría traer.
Mais la gentillesse de sa sœur a dépassé ses espérances.
Pero la bondad de su hermana superó sus expectativas.
Elle comprit qu'elle devait tester ses nouveaux goûts.
Se dio cuenta de que tenía que probar cuáles eran sus nuevos gustos.
Elle a donc apporté toute une sélection de plats différents.
Así que trajo toda una selección de alimentos diferentes.
Légumes à moitié pourris, os du repas du soir.
Verduras medio podridas, huesos de la cena.
De la sauce solidifiée provenant de leur autre repas.
Salsa solidificada de la otra comida que habían comido.
Quelques raisins secs, des amandes, du pain sec, du pain beurré.
Unas pasas, unas almendras, pan seco, pan con mantequilla.
Du pain beurré et salé.
Un poco de pan untado con mantequilla y también con sal.
Du fromage que Gregor avait déclaré immangeable il y a deux jours.
Queso que Gregor había declarado incomestible hacía dos días.

Toute cette sélection de nourriture était disposée sur un journal.

Toda esta selección de comida fue colocada en un periódico.

Elle a également placé un bol d'eau à côté de ses repas.

Y también colocó un recipiente con agua al lado de sus comidas.

Elle savait que Gregor n'aurait pas mangé devant elle.

Ella sabía que Gregor no habría comido delante de ella.

Par respect pour lui, elle quitta de nouveau la pièce.

Entonces, por respeto hacia él, salió nuevamente de la habitación.

Et elle a même tourné la clé dans la serrure en partant.

Y hasta giró la llave en la cerradura al salir.

Mais elle tourna la clé très doucement et avec précaution.

Pero ella giró la llave muy silenciosamente y con mucho cuidado.

De cette façon, seul Gregor saurait que la porte était verrouillée.

De esta manera sólo Gregor sabría que la puerta estaba cerrada.

Il pouvait désormais s'installer aussi confortablement qu'il le souhaitait.

Ahora podía ponerse tan cómodo como quisiera.

Les jambes de Gregor s'agitaient frénétiquement à l'heure du repas.

Las piernas de Gregor zumbaban cuando llegó la hora de comer.

Il est à noter qu'il ne ressentait plus aucune gêne.

Lo que vale la pena destacar es que ya no sentía ninguna molestia.

Ses blessures doivent déjà être complètement guéries.

Sus heridas deben haber sanado ya por completo.

Parce qu'il ne ressentait plus ses anciens handicaps.

Porque ya no sentía sus discapacidades anteriores.

Sa nouvelle capacité de guérison le surprit et l'émerveilla.

Su nueva capacidad de curar lo sorprendió y lo asombró.

Il y a plus d'un mois, il s'est coupé le doigt avec un couteau.

Hace más de un mes se cortó el dedo con un cuchillo.
Il y a encore deux jours, cette blessure le faisait souffrir.
Hasta hace dos días esa herida todavía le dolía.
« Suis-je beaucoup moins sensible maintenant ? » pensa-t-il.
"¿Soy mucho menos sensible ahora?" pensó para sí mismo.
À ce moment-là, il suçait déjà goulûment le fromage.
Para entonces ya estaba chupando con avidez el queso.
Il était plus attiré par le fromage que par les autres aliments.
Se sintió atraído por el queso más que por el resto de la
comida.
**Il mangeait rapidement un morceau de fromage après
l'autre.**
Comió rápidamente un trozo de queso tras otro.
Ses yeux s'embuèrent de satisfaction à la vue de ce goût.
Sus ojos se llenaron de lágrimas de satisfacción al probarlo.
Après le fromage, il mangea les légumes et la sauce.
Después del queso comió las verduras y la salsa.
Cependant, les aliments frais ne lui plaisaient pas.
Sin embargo, la comida fresca no le sabía bien.
En fait, il ne supportait même pas l'odeur des aliments frais.
De hecho, ni siquiera podía soportar el olor de la comida
fresca.
Il a même éloigné les autres aliments des aliments frais.
Incluso arrastró el resto de la comida lejos de la comida fresca.
Et il a très vite terminé la nourriture la plus comestible.
Y muy rápidamente terminó la comida más comestible.
Tous ces mets délicieux avaient un effet soporifique sur lui.
Toda aquella deliciosa comida tuvo sobre él un efecto
soporífero.
Et il s'allongea paresseusement à l'endroit où il avait mangé.
Y él permaneció acostado perezosamente en el lugar donde
había comido.
Finalement, sa sœur est revenue prendre de ses nouvelles.
Finalmente su hermana regresó para ver cómo estaba
nuevamente.
Elle a eu la prévoyance de tourner la clé très lentement.
Tuvo la previsión de girar la llave muy lentamente.

Cela a averti Gregor qu'il devait se retirer.
Esto le dio a Gregor una advertencia de que debía retirarse.
Étourdi et surpris, il se précipita sous le canapé.
Aturdido y sobresaltado, se apresuró a volver debajo del sofá.
Mais rester sous le canapé n'était pas si facile cette fois-ci.
Pero quedarse debajo del sofá no fue tan fácil esta vez.
Son corps s'était un peu arrondi à cause de toute cette nourriture.
Su cuerpo se había vuelto un poco redondeado por tanta comida.
Et il devait se retenir pour ne pas s'épuiser à nouveau.
Y tuvo que controlarse para no quedarse sin nada otra vez.
Même si la sœur n'est pas restée longtemps dans la chambre.
Aunque la hermana no permaneció mucho tiempo en la habitación.
Il avait du mal à respirer dans cet espace étroit.
Le costaba respirar en ese estrecho espacio.
Mais il a surmonté ces petites crises d'étouffement.
Pero él siguió adelante a pesar de los pequeños ataques de asfixia.
Les yeux exorbités, il observait les agissements de sa sœur.
Con ojos desorbitados observaba las actividades de la hermana.
La sœur, sans se douter de rien, a tout versé dans un seau.
La hermana desprevenida vertió todo en un balde.
Elle s'est non seulement débarrassée de la nourriture que Gregor n'avait pas mangée, mais elle l'a fait.
Ella no sólo se deshizo de la comida que Gregor no había comido.
Mais elle jetait aussi la nourriture qu'il n'avait pas touchée.
Pero también se deshizo de la comida que él no había tocado.
Apparemment, cet aliment n'était plus comestible pour personne.
Al parecer esa comida ya no era comestible para nadie.
Elle referma ensuite le seau à nourriture avec un couvercle en bois.
Luego cerró el cubo de comida con una tapa de madera.

Et avec la nourriture, le seau et la serpillière, elle est partie.
Y con la comida, el balde y el trapeador, se fue.
Gregor n'aurait pas pu attendre beaucoup plus longtemps.
Gregor no habría podido esperar mucho más tiempo.
Dès qu'elle fut partie, il s'échappa de sous le canapé.
Tan pronto como ella se fue, él se escapó de debajo del sofá.
Il s'étira et souffla de soulagement.
Y se estiró y resopló aliviado.
C'est ainsi que Gregor recevait de la nourriture de temps à autre.
Así recibía Gregorio comida de vez en cuando.
Sa sœur lui a donné à manger une fois, tôt le matin.
Su hermana le dio de comer una vez temprano en la mañana.
À cette heure-ci, les parents et la bonne dormaient encore.
A esta hora los padres y la criada todavía dormían.
Et il a reçu un deuxième repas après le déjeuner de tout le monde.
Y recibió una segunda comida después de que todos almorzaron.
Car à ce moment-là, les parents dormaient aussi un peu.
Porque en ese momento los padres también durmieron un rato.
Et la servante fut envoyée par la sœur faire une course.
Y la doncella fue enviada por su hermana a hacer algún recado.
Ils n'avaient certainement aucune intention de laisser Gregor mourir de faim.
Ciertamente no tenían intención de dejar morir de hambre a Gregor.
Mais ils n'auraient pas voulu le regarder manger non plus.
Pero tampoco hubieran querido verlo comer.
Les informations fournies par la sœur étaient suffisantes.
Lo que mencionó la hermana fue suficiente información.
C'était peut-être sa façon d'épargner aux parents leur chagrin.
Quizás era su manera de ahorrarles dolor a los padres.
Ils avaient déjà suffisamment souffert de ses actes.

Ya habían sufrido bastante por sus acciones.

Le premier jour s'estompait peu à peu dans les mémoires.
El primer día se iba convirtiendo poco a poco en un recuerdo lejano.
Gregor n'avait aucun moyen de savoir ce qui s'était passé ce jour-là.
Gregor no tenía forma de saber lo que pasó ese día.
Comment le serrurier a-t-il été conduit hors de l'appartement ?
¿Cómo fue guiado el cerrajero fuera del apartamento?
Quelles excuses ont finalement satisfait le médecin ?
¿Con qué excusas quedó finalmente satisfecho el médico?
Il n'avait trouvé aucun moyen de se faire comprendre.
No había encontrado ningún modo de hacerse entender.
Il n'a même pas réussi à communiquer avec sa sœur.
Ni siquiera logró comunicarse con su hermana.
Ils en conclurent donc qu'il ne pouvait pas les comprendre.
Y entonces pensaron que no podía entenderlos.
C'est pourquoi aucun effort ne fut fait pour lui parler.
Y por eso no se hizo ningún esfuerzo para hablar con él.
Sa sœur venait dans sa chambre tous les matins et à midi.
Su hermana entraba en su habitación todas las mañanas y a la hora del almuerzo.
Mais il devait se contenter d'entendre ses soupirs.
Pero él tuvo que contentarse con escuchar sus suspiros.
Plus tard, elle s'est un peu plus habituée à la forme de Gregor.
Más tarde se acostumbró un poco más a la forma de Gregor.
Et elle se sentait un peu plus libre de faire davantage de remarques.
Y se sintió un poco más libre para hacer más comentarios.
(Même si elle ne s'y habituerait jamais complètement.)
(Aunque nunca se acostumbraría del todo a él.)
Et puis Gregor eut de nouveau l'impression qu'on lui parlait un peu plus.
Y entonces Gregor se sintió nuevamente hablado un poco más.

Et il a perçu ce qu'il considérait comme des commentaires amicaux.
Y captó lo que percibió como comentarios amistosos.
"Il a apprécié son repas aujourd'hui", ou "il a tout mangé".
"Disfrutó su comida hoy" o "comió todo".
Mais cela n'arrivait que lorsqu'il avait fini de manger.
Pero eso fue sólo cuando hubo comido toda su comida.
Mais récemment, cela devenait de plus en plus rare.
Pero últimamente esto se está volviendo cada vez menos frecuente.
« Il touchait à peine à sa nourriture », disait-elle plus souvent maintenant.
"Apenas tocaba la comida", decía ella con más frecuencia ahora.
Et il y avait une pointe de tristesse dans sa voix à chaque fois.
Y había un toque de tristeza en su voz cada vez.
Gregor ne pouvait entendre aucune autre nouvelle plus directement.
Gregor no pudo escuchar ninguna otra noticia más directamente.
Mais il a entendu beaucoup de choses se dire dans les pièces voisines.
Pero escuchó muchas noticias de las habitaciones contiguas.
Lorsqu'il a entendu des voix, il a couru vers la porte correspondante.
Al oír voces corrió hacia la puerta correspondiente.
Et il a plaqué tout son corps contre la porte pour entendre.
Y apretó todo su cuerpo contra la puerta para escuchar.
Toutes les conversations le concernaient d'une manière ou d'une autre.
Todas las conversaciones le concernían de una manera u otra.
Même lorsque le sujet semblait porter sur autre chose.
Incluso cuando el tema parecía ser sobre otra cosa.
Cette observation était particulièrement vraie au début.
Esta observación fue especialmente cierta en los primeros tiempos.

À chaque repas, ils répétaient la même discussion.
Durante cada comida repetían la misma discusión.
Ils ne savaient toujours pas comment se comporter en sa présence.
Todavía no estaban seguros de cómo comportarse a su alrededor.
Mais le même sujet a également été abordé entre les repas.
Pero el mismo tema también se discutió entre comidas.
Parce qu'il y avait toujours deux membres de la famille à la maison.
Porque siempre había dos miembros de la familia en casa.
Personne ne voulait rester seul à la maison.
Nadie quería quedarse solo en la casa.
Mais laisser l'appartement vide était également hors de question.
Pero dejar el piso vacío tampoco era una opción.
La femme de ménage était la seule à ne pas être attachée à l'appartement.
La criada era la única que no estaba atada al apartamento.
Elle avait déjà demandé à partir dès le premier jour.
Ella ya había pedido irse el primer día.
Elle s'est agenouillée et a supplié qu'on la renvoie.
Ella se puso de rodillas y pidió que la despidieran.
La famille ignorait l'étendue des connaissances de la bonne.
La familia no sabía cuánto sabía realmente la criada.
À ce stade, elle n'en avait pas vu plus que quiconque.
En ese momento ella no había visto más que nadie.
Ce qui s'était passé restait un mystère pour la famille.
Lo sucedido todavía era un misterio para la familia.
Mais un quart d'heure plus tard, elle fit ses adieux.
Pero un cuarto de hora después se despidió.
Et elle a remercié la famille, les larmes aux yeux.
Y agradeció a la familia con lágrimas en los ojos.
Mais en réalité, elle les remerciait de l'avoir libérée.
Pero en realidad les agradeció por haberla liberado.
Ils semblaient lui avoir témoigné la plus grande bienveillance.

Parecían haberle mostrado la mayor bondad.

Elle a même prêté serment, sans qu'on le lui demande.

Incluso hizo un juramento sin que se lo pidieran.

Elle a dit qu'elle ne dirait à personne ce qui s'était passé.

Dijo que no le contaría a nadie lo que había sucedido.

Désormais, la sœur devait cuisiner avec sa mère.

Ahora la hermana tenía que cocinar junto con su madre.

Mais ce n'était pas vraiment un inconvénient majeur.

Pero esto realmente no era un gran inconveniente.

Parce que de toute façon, ils n'avaient presque rien mangé tous les deux.

Porque de todas formas los dos no comían casi nada.

Gregor surprenait sans cesse la même conversation.

Gregor escuchó una y otra vez la misma conversación.

L'un disait à l'autre qu'il devait manger davantage.

Una persona le decía a otra que tenía que comer más.

Mais cette personne n'a reçu aucune réponse de son interlocuteur.

Pero esa persona no recibió ninguna respuesta de la persona.

« Merci, j'en ai assez », ou quelque chose de similaire.

"Gracias, tengo suficiente", o algo similar.

Peut-être qu'eux non plus ne buvaient plus rien.

Quizás ya no bebían nada tampoco.

Sa sœur demandait souvent à son père s'il voulait de la bière.

La hermana a menudo le preguntaba a su padre si quería cerveza.

Et elle a proposé chaleureusement d'aller chercher la bière elle-même.

Y ella misma se ofreció calurosamente a ir a buscar la cerveza.

Le père gardait toujours le silence à sa demande.

El padre siempre permanecía en silencio ante su petición.

La sœur devait donc trouver un moyen de dissiper tout doute.

Así que la hermana tuvo que encontrar una manera de eliminar cualquier duda.

Et elle a dit qu'elle enverrait la bonne chercher de la bière.

Y ella dijo que enviaría a la criada a buscar algo de cerveza.

Mais finalement, le père a dit un grand « non » retentissant.

Pero entonces el padre finalmente dijo un gran y rotundo "no".

Puis, on n'a plus évoqué le fait qu'il boive une bière.

Luego ya no se volvió a mencionar el tema de tomar una cerveza.

Il avait déjà expliqué la situation financière auparavant.

Ya había explicado anteriormente la situación financiera.

En fait, il a évoqué les finances dès le premier jour.

De hecho, mencionó las finanzas el primer día.

Il leur a bien fait comprendre quelles étaient les perspectives.

Les hizo saber perfectamente cuáles eran las perspectivas.

Sa propre entreprise avait fait faillite il y a environ cinq ans.

Su propio negocio se había derrumbado hacía unos cinco años.

De temps en temps, il se levait pour quitter la table.

De vez en cuando se levantaba para abandonar la mesa.

Et il se dirigea vers la caisse de son ancien commerce.

Y se dirigió a la caja registradora de su antiguo negocio.

Il avait conservé la caisse enregistreuse par sentimentalisme.

Había salvado la caja registradora por sentimentalismo.

Gregor l'entendit déverrouiller une serrure lourde et complexe.

Gregor lo oyó abrir una cerradura pesada y complicada.

Et il sortit des reçus et des livres de comptes de la caisse.

Y sacó recibos y libros de la caja.

Après avoir pris les objets, il a refermé la caisse à clé.

Después de tomar los objetos volvió a cerrar la caja fuerte.

Gregor n'avait entendu aucune bonne nouvelle depuis son emprisonnement.

Gregor no había tenido buenas noticias desde su encarcelamiento.

Il pensait que l'entreprise avait ruiné son père.

Pensó que el negocio había llevado a la quiebra a su padre.

Le père avait certainement donné cette impression à Gregor.

El padre seguramente le había dado esa impresión a Gregor.

Et Gregor ne lui a plus jamais posé de questions sur les finances.

Y Gregor nunca le preguntó más sobre las finanzas.

Gregor voulait faire tout son possible pour aider la famille.

Gregor quería hacer todo lo posible para ayudar a la familia.

Il voulait les aider à oublier leurs difficultés financières.

Quería ayudarlos a olvidar la desgracia empresarial.

La faillite qui a engendré un désespoir total.

La quiebra que provocó la desesperanza más completa.

Il s'est donc mis à travailler avec une passion toute particulière.

Así que empezó a trabajar con una pasión muy especial.

Il était devenu représentant de commerce itinérant presque du jour au lendemain.

Se había convertido en un vendedor ambulante casi de la noche a la mañana.

Avant cela, il n'avait travaillé que comme commis mal payé.

Antes de eso, sólo había trabajado como empleado con un salario bajo.

Il avait désormais des opportunités de gains complètement différentes.

Ahora tenía oportunidades de ingresos completamente diferentes.

Les ventes réussies pouvaient être immédiatement converties en liquidités.

Las ventas exitosas podrían convertirse inmediatamente en efectivo.

L'argent étant bien sûr versé sur ses commissions.

El dinero en efectivo, por supuesto, se paga con sus comisiones.

Désormais, Gregor pouvait mettre de l'argent sur la table familiale.

Ahora Gregor podía poner dinero en la mesa familiar.

Et ils étaient étonnés et ravis de ses gains.

Y estaban asombrados y contentos con sus ganancias.

Mais ces beaux moments ne se reproduiront plus.

Pero esos tiempos hermosos no se repetirán nuevamente.

Ils commençaient tout juste à s'habituer à cette période faste.
Apenas se habían acostumbrado a esos buenos tiempos.
À chaque paie, la famille acceptait l'argent avec gratitude.
Cada día de pago la familia aceptaba el dinero con gratitud.
Et Gregor était tout aussi heureux de remettre l'argent.
Y Gregor estaba igualmente feliz de entregar el dinero.
Mais la chaleureuse affection qu'elle suscitait en retour s'est peu à peu éteinte.
Pero el cálido afecto que recibía a cambio fue muriendo lentamente.
Seule sa sœur restait aussi proche de Gregor qu'auparavant.
Sólo su hermana permaneció tan cerca de Gregor como antes.
Elle, contrairement à Gregor, avait une profonde appréciation pour la musique.
Ella, a diferencia de Gregor, tenía un profundo aprecio por la música.
Et elle savait jouer du violon d'une manière très touchante.
Y ella sabía tocar el violín de una manera muy conmovedora.
Gregor avait secrètement prévu de l'envoyer dans une école de musique.
Gregor planeó en secreto enviarla a la escuela de música.
Il n'avait pas encore décidé comment il réglerait les dépenses.
Aún no había decidido cómo pagaría los gastos.
Mais d'une manière ou d'une autre, il couvrirait les frais.
Pero de una forma u otra cubriría los costos.
De temps en temps, Gregor et sa famille partaient en courts séjours.
De vez en cuando Gregor y su familia hacían pequeños viajes.
Gregor et sa sœur abordaient souvent ce sujet.
Gregor y su hermana abordaron este tema con frecuencia.
Mais cela n'a jamais été évoqué que comme une idée merveilleuse.
Pero sólo se mencionó como una idea maravillosa.
Ils ne croyaient pas vraiment que ce rêve puisse se réaliser.
Realmente no creían que el sueño pudiera realizarse.

Et les parents n'appréciaient pas de telles ambitions fantaisistes.

Y a los padres no les gustaban esas ambiciones fantasiosas.

Même lorsque le sujet a été abordé de manière tout à fait innocente.

Incluso cuando el tema se planteó de manera muy inocente.

Mais Gregor continuait de penser à l'école de musique.

Pero Gregor seguía pensando en la escuela de música.

Et il prévoyait d'annoncer le cadeau la veille de Noël.

Y tenía pensado anunciar el regalo en Nochebuena.

Bien sûr, dans son état actuel, ce serait impossible.

Por supuesto, en su estado actual sería imposible.

Mais ce genre de pensées lui traversait l'esprit.

Pero ese tipo de pensamientos pasaban por su cabeza.

Et telles étaient les pensées qui lui traversaient l'esprit en écoutant sa famille.

Y tenía estos pensamientos mientras escuchaba a la familia.

Parfois, il était trop fatigué pour continuer à les écouter.

A veces se cansaba demasiado para seguir escuchándolos.

Sa tête s'est affaissée contre la porte, rongée par la fatigue.

Su cabeza cayó contra la puerta por el cansancio.

Mais il appuya aussitôt de nouveau sa tête contre la porte.

Pero inmediatamente volvió a apoyar la cabeza contra la puerta.

Car même le moindre bruit s'entendait à l'extérieur.

Porque incluso el ruido más leve se podía oír afuera.

Et le moindre bruit qu'il faisait plongeait la famille dans le silence.

Y cualquier ruido que hacía hacía que la familia se quedara en silencio.

« Que fait-il maintenant ? » demanda le père à sa famille.

"¿Qué está haciendo ahora?" preguntó el padre a la familia.

Il alla à la porte pour vérifier d'où venait le bruit.

Y fue a la puerta para comprobar qué era aquel ruido.

Puis la conversation interrompue a repris progressivement.

Y luego la conversación interrumpida se reanudó gradualmente.

Mais les paroles du père ont agréablement surpris tout le monde.

Pero lo que dijo el padre sorprendió positivamente a todos.

Gregor apprit alors la véritable situation financière.

Gregor ahora conoció la verdadera situación de las finanzas.

Malgré tous ces malheurs, il y a eu aussi un peu de chance.

A pesar de todas las desgracias, hubo algo de buena suerte.

Une petite fortune d'antan était encore là.

Aún quedaba allí una muy pequeña fortuna de los viejos tiempos.

Le père a expliqué les choses, mais a dû se répéter.

El padre explicó las cosas, pero tuvo que repetirlas.

Parce qu'il ne s'était pas occupé de ces choses depuis un certain temps.

Porque hacía tiempo que no se ocupaba de estas cosas.

Et parce que la mère ne comprenait pas de telles choses.

Y porque la madre no entendía tales cosas.

Les taux d'intérêt de la banque avaient légèrement augmenté.

Los tipos de interés del banco habían subido un poco.

L'argent non utilisé avait augmenté plus que prévu.

El dinero intacto había aumentado más de lo esperado.

De plus, Gregor leur avait toujours donné ses économies.

Además Gregor siempre les había dado sus ahorros.

Il n'avait jamais gardé que quelques florins pour lui-même.

Sólo había conservado unos pocos florines para sí.

Et son argent n'avait pas été entièrement dépensé.

Y su dinero aún no se había agotado por completo.

Ensemble, ces sommes avaient constitué un petit capital.

En conjunto, este dinero se había acumulado hasta formar un pequeño capital.

Gregor, derrière sa porte, hocha la tête avec enthousiasme à la nouvelle.

Gregor, detrás de su puerta, asintió con entusiasmo ante la noticia.

Il était ravi de cette prudence et de cette frugalité inattendues.

Le agradó esta inesperada cautela y frugalidad.

Les fonds excédentaires auraient pu servir à rembourser la dette.

Los fondos sobrantes podrían haberse utilizado para pagar la deuda.

Ils n'auraient alors plus rien dû au patron.

Entonces ya no le deberían nada al patrón.

Et Gregor aurait pu changer d'emploi bien plus tôt.

Y Gregor podría haber cambiado de trabajo mucho antes.

Mais la façon dont le père s'y était pris était bien meilleure maintenant.

Pero ahora la manera como el padre lo dispuso estaba mucho mejor.

L'argent ne suffisait pas tout à fait pour vivre des intérêts.

El dinero no era suficiente para vivir de los intereses.

Et il a fallu mettre de l'argent de côté pour les urgences.

Y había que reservar algo de dinero para emergencias.

Cela n'aurait suffi que pour un an ou deux.

Sólo habría sido suficiente dinero para uno o dos años.

Cela signifiait que quelqu'un devait gagner de l'argent pour qu'ils puissent vivre.

Esto significaba que alguien tenía que ganar dinero para que pudieran vivir.

Le père n'était pas malade et il était assez fort.

El padre no estaba enfermo y era bastante fuerte.

Mais il était sans emploi depuis plus de cinq ans.

Pero llevaba más de cinco años sin trabajo.

Et, du fait de son âge, il lui restait peu de confiance en lui.

Y, debido a su edad, le quedaba poca confianza en sí mismo.

Il avait également pris beaucoup de poids ces derniers temps.

También había engordado mucho en los últimos tiempos.

Sa vie avait toujours été ardue et infructueuse.

Su vida siempre había sido ardua y sin éxito.

Et c'étaient les premières vacances qu'il ait jamais prises.

Y éstas habían sido las primeras vacaciones que había tenido.

Et, faute d'être occupé, il était devenu assez maladroit.

Y sin estar ocupado se había vuelto bastante torpe.

Ne serait-il pas préférable que la vieille mère gagne l'argent ?

¿Sería mejor si la anciana madre ganara el dinero?

La vieille mère qui souffrait d'asthme.

La anciana madre que sufría de asma.

La vieille mère qui peinait à monter les escaliers.

La anciana madre que luchaba por subir las escaleras.

La vieille mère qui passait son temps allongée sur le canapé.

La anciana madre que pasaba el tiempo tumbada en el sofá.

La vieille mère qui préférait rester près de la fenêtre.

La anciana madre que prefería quedarse junto a la ventana.

Pour qu'elle puisse reprendre son souffle quand elle en aurait besoin.

Para poder recuperar el aliento cuando lo necesitara.

Ne serait-il pas préférable que ce soit la jeune sœur qui gagne l'argent ?

¿Sería mejor si la hermana joven ganara el dinero?

La sœur, qui à dix-sept ans n'était encore qu'une enfant.

La hermana, que a sus diecisiete años era todavía apenas una niña.

La sœur qui ne connaissait que quelques modestes plaisirs.

La hermana que sólo tuvo unos pocos placeres modestos.

La sœur qui aimait surtout jouer du violon.

La hermana a quien le gustaba principalmente tocar el violín.

Elle savait que son mode de vie antérieur était très enviable ;

Ella sabía que su anterior forma de vida era muy envidiable;

Bien s'habiller, faire la grasse matinée, aider à la maison.

Vestirse bien, levantarse tarde, ayudar en la casa.

La conversation tournait souvent autour de la nécessité de gagner de l'argent.

La conversación a menudo giraba en torno a la necesidad de ganar dinero.

Gregor était toujours le premier à lâcher la porte.

Gregor siempre era el primero en soltar la puerta.

Cette conversation l'avait rempli de honte et de chagrin.

La conversación lo puso caliente de vergüenza y dolor.

Il se laissa donc tomber sur le canapé en cuir qui refroidissait.
Entonces se dejó caer en el refrescante sofá de cuero.
Et il passait souvent le reste de la nuit sur le canapé.
Y a menudo pasaba el resto de la noche en el sofá.
Il ne dormait jamais vraiment sur le canapé, ni la nuit.
Nunca durmió realmente en el sofá, ni tampoco por la noche.
Souvent, il se contentait de gratter le cuir pendant des heures.
A menudo, simplemente se quedaba rascando el cuero durante horas y horas.
D'autres fois, il poussait le fauteuil jusqu'à la fenêtre.
Otras veces empujaba el sillón hacia la ventana.
Cela a nécessité à lui seul beaucoup d'efforts de sa part.
Esto solo requirió un gran esfuerzo de su parte.
Le fauteuil l'a aidé à ramper jusqu'au rebord de la fenêtre.
El sillón le ayudó a subirse al alféizar de la ventana.
Et de là, il put s'appuyer contre la fenêtre.
Y desde allí pudo apoyarse en la ventana.
Il éprouvait un grand sentiment de liberté en faisant cela.
Solía sentir una gran sensación de libertad al hacer esto.
Peut-être recherchait-il une sensation de liberté d'antan.
Quizás estaba buscando algún viejo sentimiento liberador.
Mais sa vue n'était plus aussi perçante qu'avant.
Pero su visión no era tan nítida como solía ser.
Les objets situés à une certaine distance étaient flous et indistincts.
Las cosas a cierta distancia se veían borrosas e indistintas.
Il ne pouvait plus voir l'hôpital de l'autre côté de la rue.
Ya no podía ver el hospital al otro lado de la calle.
Avant, il maudissait le paysage, maintenant il voulait le voir.
Antes había maldecido la vista, ahora quería verla.
Il savait qu'il habitait dans la paisible Charlottenstrasse, en pleine ville.
Sabía que vivía en la tranquila y urbana Charlottenstrasse.
Mais il a peut-être cru qu'il regardait vers le désert.
Pero podría haber pensado que estaba mirando el desierto.

Un désert où le ciel gris et la terre grise se confondaient.

Un páramo donde el cielo gris y la tierra gris se fusionaban.

La sœur attentive remarqua à deux reprises que la chaise avait bougé.

La atenta hermana notó dos veces que la silla se había movido.

Après avoir rangé, elle a repoussé la chaise vers la fenêtre.

Después de ordenar, empujó la silla hacia la ventana.

Et désormais, elle laissait même la fenêtre ouverte.

Y a partir de ahora incluso dejó la ventana abierta.

Gregor aurait vraiment souhaité pouvoir parler à sa sœur.

Gregor realmente hubiera deseado poder hablar con su hermana.

Il voulait la remercier pour tout ce qu'elle avait fait pour lui.

Quería agradecerle por todo lo que hizo por él.

Il aurait alors plus facilement toléré leurs services.

Entonces habría tolerado más fácilmente sus servicios.

Mais en l'état actuel des choses, il souffrait de son aide.

Pero tal como estaban las cosas, él sufrió por su ayuda.

La sœur, bien sûr, a tenté de dissimuler la gêne.

La hermana, por supuesto, intentó disimular la vergüenza.

Et elle faisait de son mieux pour feindre de ne pas se sentir accablée.

Y ella hizo todo lo posible para fingir que no se sentía agobiada.

Bien sûr, c'est quelque chose qu'elle devait d'abord pratiquer.

Por supuesto, esto es algo que tenía que practicar primero.

Et plus le temps passait, plus elle devenait douée.

Y cuanto más tiempo pasaba, mejor lo hacía.

Mais Gregor eut également plus de temps pour constater sa supercherie.

Pero a Gregor también se le dio más tiempo para ver su pretensión.

Même son entrée dans sa chambre était une épreuve pour lui.

Incluso su entrada a su habitación fue una prueba para él.

Dès qu'elle est entrée, elle a couru directement vers la fenêtre.

Tan pronto como entró, corrió directamente a la ventana.

Elle n'a même pas pris le temps de fermer la porte.

Ni siquiera se tomó el tiempo de cerrar la puerta.

Normalement, elle épargnait à tout le monde la vue de la chambre de Gregor.

Normalmente ella evitaba que todos vieran la habitación de Gregor.

Et elle ouvrit brusquement la fenêtre d'un geste rapide.

Y abrió la ventana de golpe con manos apresuradas.

Puis elle reprit sa respiration comme si elle avait suffoqué.

Luego volvió a respirar como si se estuviera asfixiando.

L'air qui entrait était froid, et elle respira profondément.

El aire que entraba era frío y ella respiraba profundamente.

Mais elle resta néanmoins un moment près de la fenêtre.

Pero aún así se quedó junto a la ventana por un rato.

Elle effrayait Gregor deux fois par jour avec ce rituel.

Con esta rutina asustaba a Gregor dos veces al día.

Pendant qu'elle était dans la pièce, il tremblait sous le canapé.

Mientras ella estaba en la habitación él temblaba debajo del sofá.

Il savait qu'elle aurait aimé lui épargner cette épreuve.

Él sabía que a ella le habría gustado ahorrarle esa terrible experiencia.

Mais elle ne pouvait pas rester dans la pièce avec la fenêtre fermée.

Pero ella no podía estar en la habitación con la ventana cerrada.

Il y a eu une fois où elle est arrivée un peu plus tôt.

Hubo una ocasión en que ella llegó un poco antes.

Probablement environ un mois après la transformation de Gregor.

Probablemente alrededor de un mes después de la transformación de Gregor.

Elle s'était plus ou moins habituée à sa nouvelle apparence.

Ella se había acostumbrado un poco a su nueva apariencia.
Elle n'avait donc plus aucune raison d'être particulièrement choquée.
Así que ya no tenía por qué estar particularmente sorprendida.
Elle le trouva toujours immobile, le regard fixé par la fenêtre.
Ella lo encontró todavía mirando por la ventana, inmóvil.
Il se trouvait dans le pire endroit où il aurait pu être.
Estaba en el lugar más horrible en el que podría haber estado.
Il n'aurait pas été surpris si elle n'était pas entrée.
No le habría sorprendido si ella no hubiera entrado.
Il l'empêcha d'ouvrir la fenêtre.
Donde le impidió abrir la ventana.
Elle quitta rapidement la pièce et ferma la porte.
Ella salió rápidamente de la habitación y cerró la puerta.
Un étranger aurait pu tirer toutes sortes de conclusions.
Un extraño podría haber llegado a todo tipo de conclusiones.
Peut-être attendait-il simplement l'occasion de la mordre.
Quizás sólo estaba esperando la oportunidad de morderla.
Gregor, bien sûr, s'est immédiatement caché sous le canapé.
Gregor, por supuesto, se escondió inmediatamente debajo del sofá.
Mais il dut attendre midi pour que sa sœur revienne.
Pero tuvo que esperar hasta el mediodía para que su hermana regresara.
Et elle semblait beaucoup plus agitée que d'habitude.
Y ella parecía mucho más inquieta que de costumbre.
Il réalisa que sa vue lui était encore insupportable.
Se dio cuenta de que verlo todavía era insoportable.
Sa vue allait lui rester insupportable.
Verlo seguiría siendo insoportable para ella.
Elle ne pouvait probablement pas supporter de le voir, même partiellement.
Probablemente no podría soportar ver ninguna parte de él.
Une petite partie dépassait toujours de sous le canapé.
Siempre sobresalía una pequeña parte de debajo del sofá.

Un jour, il transporta un drap sur son dos jusqu'au canapé.
Un día llevó una sábana sobre su espalda hasta el sofá.
Il voulait lui épargner de voir quoi que ce soit de lui.
Quería evitar que ella viera cualquier parte de él.
Il arrangea le drap de façon à ce qu'il soit entièrement caché.
Él dispuso la sábana de tal manera que todo él quedara oculto.
Même si elle se baissait, elle ne pourrait pas le voir.
Incluso si se agachara no podría verlo.
L'opération a pris à Gregor plus de trois heures.
Todo el esfuerzo le llevó a Gregor más de tres horas.
Elle a peut-être pensé que le drap était inutile.
Quizás pensó que la sábana era innecesaria.
Elle aurait su qu'il ne voulait pas du drap.
Ella habría sabido que él no quería la sábana.
Il le faisait pour son confort, et non pour lui-même.
Lo hacía para su comodidad, no para la suya propia.
Et elle aurait pu enlever le drap si elle l'avait voulu.
Y podría haber quitado la sábana si hubiera querido.
Mais elle laissa le drap là où Gregor l'avait mis.
Pero dejó la sábana donde Gregor la había puesto.
Et Gregor crut même avoir aperçu un regard reconnaissant.
Y Gregor incluso creyó haber captado una mirada de agradecimiento.
Il avait doucement soulevé le drap avec sa tête.
Había levantado suavemente la sábana con la cabeza.
Il voulait savoir si sa sœur appréciait cet arrangement.
Quería ver si a su hermana le gustaba el arreglo.

Les deux premières semaines ont été les plus difficiles pour les parents.
Las dos primeras semanas fueron las más difíciles para los padres.
Ils n'ont pas eu le courage d'entrer et de le voir.
No pudieron animarse a entrar y verlo.
Il a surpris plusieurs de leurs conversations à cette époque.
Escuchó muchas de sus conversaciones en ese momento.
Ils ont pleinement reconnu tout ce que faisait la sœur.

Reconocieron plenamente todo lo que hacía la hermana.

Même s'ils étaient souvent agacés par elle.

Aunque solían estar molestos con ella a menudo.

Parce qu'elle semblait être une fille un peu inutile.

Porque ella parecía ser una chica un tanto inútil.

C'étaient maintenant eux qui attendaient de l'autre côté de la pièce.

Ahora eran ellos quienes esperaban al otro lado de la habitación.

Et c'est elle qui est entrée dans la pièce pour tout faire.

Y fue ella quien entró en la habitación a hacer todo.

Dès qu'elle est sortie, ils ont voulu tout savoir.

Tan pronto como salió quisieron saberlo todo.

Elle a dû leur décrire précisément l'aspect de la pièce.

Tenía que decirles exactamente cómo era la habitación.

« Qu'est-ce que Gregor a mangé ? Comment s'est-il comporté cette fois-ci ? »

¿Qué comió Gregor? ¿Cómo se comportó esta vez?

«Y avait-il peut-être une légère amélioration à constater ?»

"¿Quizás se notó una ligera mejoría?"

La mère, d'ailleurs, était en réalité plus courageuse.

La madre, por cierto, fue en realidad más valiente.

Et bien sûr, c'était son propre fils qui se trouvait dans la pièce.

Y por supuesto, era su propio hijo el que estaba dentro de la habitación.

Elle souhaitait en fait rendre visite à Gregor assez rapidement.

En realidad quería visitar a Gregor relativamente pronto.

Mais au départ, son père et sa sœur l'ont retenue.

Pero al principio el padre y la hermana la frenaron.

Ils ont avancé des arguments très rationnels pour qu'elle n'y aille pas.

Le dieron argumentos muy racionales para que no fuera.

Gregor écouta très attentivement leur raisonnement.

Gregor escuchó con mucha atención sus razonamientos.

Et il acceptait ce raisonnement autant que sa mère.

Y él aceptó el razonamiento tanto como su madre.

Plus tard, cependant, il a fallu la retenir par la force.

Pero más tarde hubo que retenerla por la fuerza.

«Laissez-moi entrer voir Gregor, c'est mon malheureux fils !»

"¡Déjame entrar con Gregor, es mi desdichado hijo!"

« Tu ne comprends pas que je dois aller le voir ? »

-¿No entiendes que tengo que ir a verlo?

Gregor fut également convaincu par les arguments de sa mère.

Gregor también se dejó convencer por los argumentos de su madre.

Peut-être avait-elle raison ; ce serait bien qu'elle vienne.

Quizás tenía razón: sería bueno que entrara.

Le voir tous les jours serait beaucoup trop lourd.

Venir a verlo todos los días sería demasiado.

Mais le voir une fois par semaine suffirait peut-être.

Pero verlo una vez a la semana podría ser suficiente.

Elle pourrait comprendre les choses bien mieux que sa sœur.

Ella podría entender las cosas mucho mejor que la hermana.

Malgré tout son courage, elle n'était encore qu'une enfant.

A pesar de todo su coraje, ella todavía era sólo una niña.

Peut-être une insouciance enfantine l'a-t-elle poussée à entreprendre cette tâche.

Quizás la imprudencia infantil la impulsó a aceptar esa tarea.

Mais le souhait de Gregor de revoir sa mère se réalisa bientôt.

Pero el deseo de Gregor de ver a su madre pronto se hizo realidad.

Durant la journée, Gregor se tenait à l'écart de la fenêtre.

Durante el día Gregor se mantenía alejado de la ventana.

Il a agi ainsi par égard pour ses parents.

Lo hizo por consideración a sus padres.

Il n'avait pas beaucoup de place pour ramper sur le sol.

No tenía mucho espacio para arrastrarse por el suelo.

Il avait du mal à rester immobile pendant la nuit.

Le resultaba difícil permanecer quieto durante la noche.

Manger ne lui procurait plus le moindre plaisir.

Comer ya no le producía el más mínimo placer.
Bien sûr, il devait trouver un moyen de se distraire.
Por supuesto que tenía que encontrar alguna manera de distraerse.
Pour se divertir, il grimpait et descendait les murs.
Para entretenerse se arrastraba por las paredes.
Et il rampait aussi le long du plafond, la tête en bas.
Y también se arrastró por el techo, boca abajo.
Il était particulièrement heureux lorsqu'il était suspendu au plafond.
Estaba especialmente feliz cuando colgaba del techo.
C'était complètement différent de s'allonger par terre.
Fue completamente diferente a estar tendido en el suelo.
Il trouvait qu'il respirait beaucoup plus facilement dans cette position.
Le resultó mucho más fácil respirar en esta posición.
Une légère mais agréable vibration parcourut son corps.
Una ligera pero agradable vibración recorrió su cuerpo.
Parfois, il se laissait même trop aller à son bonheur.
A veces incluso se relajaba demasiado en su felicidad.
Il lui arrivait d'être distrait et de lâcher prise du plafond.
A veces se distraía y se soltaba del techo.
Et à sa propre surprise, il atterrit de nouveau sur le sol.
Y para su propia sorpresa, aterrizó de nuevo en el suelo.
Mais il maîtrisait bien mieux son corps qu'auparavant.
Pero tenía mucho mejor control de su cuerpo que antes.
Ainsi, il ne se blessait plus lors de chutes aussi importantes.
Para que ahora no se haga daño con caídas tan fuertes.
Sa sœur remarqua immédiatement le nouveau plaisir de Gregor.
La hermana notó inmediatamente el nuevo placer de Gregor.
Et on retrouvait des traces de colle là où il avait rampé.
Y había restos de adhesivo donde se había arrastrado.
Là encore, la sœur pensa au bien-être de Gregor.
Aquí nuevamente la hermana pensó en el bienestar de Gregor.
Il apprécierait peut-être d'avoir plus d'espace pour ramper.
Quizás apreciaría más espacio para gatear.

Et l'idée s'est fermement ancrée dans son esprit.
Y la idea se instaló firmemente en su cabeza.
Certains meubles volumineux entravaient sa liberté de mouvement.
Algunos de los muebles de gran tamaño impedían su libre movimiento.
Il ne travaillait plus, il n'avait donc plus besoin du bureau.
Ya no trabajaba así que no necesitaba el escritorio.
Et la boîte prenait plus de place que nécessaire. ***
Y la caja ocupaba más espacio del necesario. ***
La sœur n'était pas en mesure de déplacer ces choses seule.
La hermana no era capaz de mover estas cosas sola.
Bien sûr, elle n'osait pas demander de l'aide à son père.
Por supuesto que no se atrevió a pedirle ayuda al padre.
La bonne ne l'aurait certainement pas aidée non plus.
La criada seguramente tampoco la habría ayudado.
La nouvelle femme de ménage était en réalité un an plus jeune qu'elle.
La nueva criada era de hecho un año más joven que ella.
Elle avait courageusement endossé le rôle de l'ancienne bonne.
Ella había asumido valientemente el papel de ex sirvienta.
Mais il y avait un privilège auquel elle tenait absolument.
Pero había un privilegio que ella insistía en tener.
Elle voulait que la cuisine reste verrouillée en permanence.
Ella quería mantener la cocina cerrada en todo momento.
La sœur n'avait donc pas d'autre choix que de demander à sa mère.
Así que la hermana no tuvo más remedio que preguntarle a su madre.
La mère est venue à son secours en poussant des cris de joie.
Con gritos de emocionada alegría la madre acudió a ayudar.
Mais elle se tut devant la porte de la chambre de Gregor.
Pero ella se quedó en silencio en la puerta de la habitación de Gregor.
La sœur a vérifié que tout était en ordre dans la chambre.

La hermana comprobó que todo en la habitación estuviera
bien.
**Gregor avait tiré précipitamment encore plus fort sur le
drap.**
Gregor había tirado apresuradamente la sábana aún más
fuerte.
Bien que le drap-housse paraisse encore disposé au hasard.
Aunque la sábana todavía parecía colocada al azar.
Et ce n'est qu'alors qu'elle laissa sa mère entrer dans la pièce.
Y sólo entonces dejó que su madre entrara en la habitación.
Gregor s'abstint également d'espionner sous le drap.
Gregor también se abstuvo de espiar desde debajo de la
sábana.
Il a décidé de ne pas voir sa mère cette fois-ci.
Decidió no volver a ver a su madre esta vez.
Gregor était déjà content qu'elle soit venue.
Gregor estaba muy contento de que ella hubiera entrado.
«Entrez, vous ne pouvez pas le voir», dit la sœur.
"Pasa, no puedes verlo", dijo la hermana.
Gregor supposa qu'elle tenait sa mère par la main.
Gregor supuso que ella llevaba a su madre de la mano.
**Puis il entendit les deux femmes, faibles, déplacer les
meubles.**
Entonces escuchó a las dos mujeres débiles moviendo los
muebles.
La sœur semblait s'attribuer la majeure partie du travail.
La hermana parecía reclamar la mayor parte del trabajo para
ella misma.
Sa mère craignait qu'elle ne s'épuise.
Su madre temía que se esforzara demasiado.
Mais la sœur n'a prêté aucune attention à ces avertissements.
Pero la hermana no hizo caso a estas advertencias.
**Mais même après quinze minutes, les progrès étaient très
lents.**
Pero incluso después de quince minutos el progreso era muy
lento.
Ils n'avaient pas réussi à déplacer les meubles très loin.

No habían conseguido mover los muebles muy lejos.
Ils commençaient lentement à ressentir un sentiment de défaite.
Poco a poco empezaron a sentir una sensación de derrota.
La mère fut la première à reconnaître l'inutilité de la démarche.
La madre fue la primera en admitir la inutilidad.
« Il vaudrait peut-être mieux laisser la boîte ici. »
"Quizás sería mejor dejar la caja aquí."
« Le carton est trop lourd pour que nous puissions le déplacer plus loin. »
"La caja es demasiado pesada para que podamos moverla mucho más lejos".
« Et nous n'aurons pas terminé avant l'arrivée de votre père. »
"Y no terminaremos antes de que llegue tu padre."
« Laisser la boîte ici lui barrerait encore plus le passage. »
Dejar la caja aquí le bloquearía aún más el camino.
« Et pouvons-nous être sûrs de lui rendre service ? »
"¿Y podemos estar seguros de que le estamos haciendo un favor?"
Ils commencèrent à penser que le contraire pourrait bien être vrai.
Comenzaron a pensar que bien podría ser cierto lo opuesto.
La vue du mur vide lui pesait lourdement sur le cœur.
La visión de la pared vacía pesó mucho en su corazón.
Qui nous dit que Gregor ne ressentirait pas la même chose ?
¿Quién diría que Gregor no se sentiría así también?
«Il est déjà habitué aux meubles de sa chambre.»
"Ya está acostumbrado a los muebles de su habitación."
«Il pourrait se sentir encore plus abandonné dans une pièce vide.»
"Podría sentirse aún más abandonado en una habitación vacía".
À ce moment-là, sa voix s'était presque réduite à un murmure.
Para entonces su voz se había reducido casi a un susurro.

Elle ignorait en réalité où se trouvait exactement Gregor.

En realidad no sabía el paradero exacto de Gregor.

Elle ne voulait même pas qu'il entende sa voix

Ella no quería ni siquiera que él escuchara el sonido de su voz.

Bien qu'elle fût certaine qu'il ne la comprenait pas.

Aunque ella estaba segura de que él no la entendía.

« N'aurait-on pas l'impression de l'avoir complètement abandonné ? »

"¿No parecería como si lo hubiéramos abandonado por completo?"

«N'aura-t-il pas l'impression qu'on le laisse se débrouiller seul ?»

"¿No sentirá que lo estamos dejando solo?"

«Nous devrions laisser la pièce exactement comme elle était.»

"Deberíamos dejar la habitación exactamente como estaba".

« Gregor finira par nous revenir comme avant. »

"Al final Gregor volverá con nosotros como antes."

«Alors il constatera que tout est encore à sa place.»

"Entonces encontrará que todo sigue en su lugar."

« Et il oubliera beaucoup plus facilement la période intermédiaire. »

"Y olvidará mucho más fácilmente el período interino".

En entendant ces mots, Gregor réalisa quelque chose.

Cuando Gregor escuchó estas palabras se dio cuenta de algo.

Son esprit était devenu confus au cours des deux derniers mois.

Su mente se había vuelto confusa durante los últimos dos meses.

Le manque d'interactions humaines ne lui avait pas fait de bien.

La falta de interacción humana no había sido buena para él.

Il avait vraiment besoin de la vie monotone au sein de sa famille.

Realmente necesitaba la vida monótona en medio de su familia.

Pourquoi aurait-il formulé une demande aussi absurde autrement ?
¿Por qué si no habría hecho una exigencia tan absurda?
Quel sens pouvait-il y avoir à vider sa chambre ?
¿Qué sentido tenía vaciar su habitación?
La chambre confortable est meublée de meubles hérités.
La cómoda habitación amueblada con muebles heredados.
Pourquoi voudrait-il transformer cette chaleur familière en une grotte ?
¿Por qué querría convertir ese calor conocido en una cueva?
Une grotte où il pouvait ramper en toute tranquillité dans toutes les directions.
Una cueva donde poder arrastrarse en todas direcciones en paz.
Mais une grotte où il oublia rapidement son passé humain.
Pero una cueva en la que olvidó rápidamente su pasado humano.
Il se demandait s'il était déjà sur le point d'oublier.
Tuvo que preguntarse si ya estaba cerca de olvidar.
La voix de sa mère l'avait secoué et lui avait fait se souvenir.
La voz de su madre lo había sacudido y lo había hecho recordar.
La voix qu'il n'avait pas entendue depuis si longtemps.
La voz que no había oído durante tanto tiempo.
Il ne fallait rien enlever ; tout devait rester.
No había que quitar nada, todo tenía que quedar.
Le mobilier a eu un effet positif sur son état.
Los muebles influyeron positivamente en su condición.
Et il ne pouvait pas s'en sortir sans ce lien avec le passé.
Y no podría vivir sin este ancla en el pasado.
Les meubles l'empêchaient de ramper sans but.
Los muebles impedían que se arrastrara sin sentido.
Mais ce n'était pas une perte ; c'était au contraire un grand avantage.
Pero eso no fue una pérdida, sino más bien una gran ventaja.
Malheureusement, sa sœur avait un avis très différent.

Lamentablemente la hermana tenía una opinión muy diferente.

Elle était en quelque sorte devenue la porte-parole de Gregor.

Ella se había convertido en una especie de portavoz de Gregor.

Bien sûr, son opinion n'était pas totalement injustifiée.

Por supuesto que su opinión no era del todo injustificada.

Mais l'opinion de sa mère devait être contredite ici.

Pero aquí la opinión de su madre tuvo que ser contradicha.

Il ne s'agissait plus seulement d'enlever la boîte.

Ahora no era solo la caja la que había que retirar.

Son bureau et son armoire ne pouvaient pas rester en place non plus.

Ni su escritorio ni el armario podían permanecer allí.

La seule chose indispensable était le canapé.

Lo único imprescindible era el sofá.

Elle n'a pas pris cette décision par simple rébellion enfantine.

Ella no decidió esto sólo por desafío infantil.

Ce n'était pas non plus sa confiance en soi récemment acquise.

Tampoco fue su recientemente adquirida confianza en sí misma.

La nouvelle confiance qu'elle avait acquise lui a permis de travailler si dur pour gagner.

La nueva confianza que tuvo que trabajar muy duro para ganar.

Même si personne ne s'attendait à ce qu'elle y parvienne.

Aunque nadie esperaba que ella pudiera hacerlo.

Gregor avait vraiment besoin de beaucoup d'espace pour ramper.

Gregor realmente necesitaba mucho espacio para gatear.

Le mobilier ne faisait que réduire l'espace dont il disposait.

Los muebles sólo limitaban el espacio del que disponía.

Elle était capable de mieux voir ces choses que sa mère.

Ella podía ver estas cosas mejor que la madre.

Mais peut-être que son esprit romantique a aussi joué un rôle.

Pero quizá su espíritu romántico también jugó un papel.

Les filles de cet âge acquièrent souvent un certain enthousiasme.

Las niñas de esa edad suelen desarrollar cierto entusiasmo.

Et ils éprouvent le besoin d'obtenir ce qu'ils veulent chaque fois qu'ils le peuvent.

Y sienten la necesidad de salirse con la suya siempre que pueden.

C'est peut-être pour cela qu'elle voulait le saboter en secret.

Quizás por eso quería sabotearlo en secreto.

Il est encore plus terrifiant lorsqu'il rampe sur les murs.

Es aún más aterrador cuando se arrastra por las paredes.

Les parents n'osaient plus entrer dans la pièce.

Los padres ya no se atrevían a entrar en la habitación.

Elle serait véritablement la seule à prendre soin de son frère.

Ella realmente sería la única cuidadora de su hermano.

Elle ne laissa pas sa mère la persuader du contraire.

Ella no dejó que su madre la persuadiera de lo contrario.

La mère de Gregor se sentait déjà mal à l'aise dans la pièce.

La madre de Gregor ya se sentía incómoda en la habitación.

Elle cessa bientôt de parler et aida de nouveau sa fille.

Pronto dejó de hablar y ayudó nuevamente a su hija.

Avec leurs forces restantes, ils ont enlevé l'armoire.

Con las fuerzas que les quedaban retiraron el armario.

La commode, il pouvait s'en passer.

La cómoda era algo de lo que podía prescindir.

Mais le bureau allait devoir rester en place pour le moment.

Pero el escritorio tendría que quedarse allí por el momento.

Pendant l'absence des femmes, il tenta d'évaluer la pièce.

Mientras las mujeres estaban ausentes, trató de evaluar la habitación.

Et Gregor passa la tête sous le canapé.

Y Gregor asomó la cabeza por debajo del sofá.

Il devait voir ce qu'il pouvait faire face à la situation.

Tenía que ver qué podía hacer con la situación.

Mais il a été aussi prudent et attentionné que possible.
Pero fue lo más cuidadoso y considerado posible.
Malheureusement, c'est la mère qui est revenue la première.
Desgraciadamente fue la madre quien regresó primero.
Grete était encore en train de déplacer l'armoire dans la pièce voisine.
Grete todavía estaba moviendo el armario en la habitación de al lado.
Mais la mère n'était pas habituée à la vue de Gregor.
Pero la madre no estaba acostumbrada a ver a Gregor.
Un simple aperçu de lui aurait pu la rendre malade.
Incluso un simple vistazo a él podría haberla enfermado.
Gregor recula précipitamment jusqu'à l'autre bout du canapé.
Gregor se apresuró a retroceder hasta el otro extremo del sofá.
Mais il ne pouvait pas reculer et maintenir le drap en équilibre.
Pero no podía retroceder y equilibrar la sábana.
Ce mouvement suffit à attirer l'attention de la mère.
El movimiento fue suficiente para llamar la atención de la madre.
Elle marqua une pause et resta immobile un bref instant.
Ella hizo una pausa y se quedó muy quieta por un breve momento.
Puis elle se retourna et sortit de la pièce.
Luego se dio la vuelta y salió de la habitación.
Gregor se répétait sans cesse que rien d'inhabituel ne s'était produit.
Gregor seguía diciéndose a sí mismo que no había ocurrido nada inusual.
« Ce ne sont que quelques meubles qui ont été emportés. »
"Son sólo algunos muebles que se han llevado".
Mais il dut bientôt admettre que ces événements l'avaient affecté.
Pero pronto tuvo que admitir que los acontecimientos le afectaron.
Les femmes disaient tout ce qu'elles faisaient.

Las mujeres habían estado diciendo todo lo que estaban haciendo.

Ils faisaient des allers-retours dans la pièce.

Habían estado caminando de un lado a otro por la habitación.

Le bruit des meubles qui grattent le sol.

El rayado de todos los muebles en el suelo.

Il avait l'impression d'être assailli de toutes parts.

Se sentía como si lo atacaran desde todos lados.

Il replia sa tête et ses jambes aussi fort qu'il le put.

Apretó la cabeza y las piernas lo más fuerte que pudo.

De toutes ses forces, il plaqua son corps au sol.

Con todas sus fuerzas presionó su cuerpo contra el suelo.

Il savait qu'il ne pourrait pas supporter tout cela encore longtemps.

Sabía que no podría soportar todo esto por mucho más tiempo.

Ils ont vidé sa chambre et ont pris tout ce qu'il aimait.

Vaciaron su habitación y se llevaron todo lo que amaba.

Ils avaient déjà pris la boîte contenant tous ses outils.

Ya se habían llevado la caja que contenía todas sus herramientas.

Ils étaient en train de déloger son lourd bureau du sol.

Ahora estaban aflojando su pesado escritorio del suelo.

Le bureau sur lequel il avait travaillé en rentrant du travail.

El escritorio en el que había trabajado después de regresar del trabajo.

Le bureau sur lequel il avait noté ses missions professionnelles.

El escritorio en el que había escrito sus tareas comerciales.

Le bureau sur lequel il avait fait ses devoirs au collège.

El escritorio en el que había hecho sus deberes en la escuela secundaria.

Oui, il avait déjà eu ce bureau à l'école primaire.

Sí, ya había tenido este pupitre en la escuela primaria.

Il n'a vraiment pas eu le temps de vérifier leurs bonnes intentions.

Realmente no tuvo tiempo de confirmar sus buenas
intenciones.
Bien qu'il ait presque oublié leur présence.
Aunque ya casi había olvidado que estaban allí.
Parce qu'ils travaillaient en silence, épuisés.
Porque trabajaban en silencio, por el cansancio.
**Ils étaient trop fatigués pour annoncer leurs mouvements
maintenant.**
Estaban demasiado cansados para anunciar sus movimientos
ahora.
Il n'entendait que leurs lourds pas sur le sol.
Lo único que oyó fueron sus pesados pasos en el suelo.
À ce moment précis, ils étaient appuyés contre la boîte.
Justo en ese momento estaban apoyados sobre la caja.
Et c'est alors que Gregor est sorti de sous le canapé.
Y entonces Gregor salió de debajo del sofá.
Il a changé de direction à quatre reprises.
Cambió la dirección en la que corría cuatro veces.
Il n'arrivait pas à se décider quel objet sauver en premier.
No podía decidir qué elemento debía salvarse primero.
Soudain, son attention fut attirée par le mur vide.
De repente su atención se dirigió a la pared vacía.
Ils ne lui avaient laissé que la photo de la dame en fourrure.
Lo único que le quedó fue la fotografía de la dama con pieles.
Il rampa jusqu'à la photo pour coller son corps contre le sien.
Se arrastró hasta la imagen para presionar su cuerpo contra el
de ella.
Et son corps masquait complètement la vue de la photo.
Y su cuerpo cubrió completamente la vista de la imagen.
Le verre le soutenait et apaisait son ventre brûlant.
El vaso lo sostuvo y reconfortó su vientre caliente.
On ne pouvait plus lui enlever cette photo.
Esta fotografía ya no se la pudieron quitar.
Puis il tourna la tête vers la porte du salon.
Luego giró la cabeza hacia la puerta de la sala de estar.
Il allait les regarder retourner dans la pièce.
Iba a observar mientras las mujeres regresaban a la habitación.

Et ils ne se reposèrent pas longtemps avant de revenir.
Y no descansaron mucho antes de regresar nuevamente.
Grete avait le bras autour de sa mère pour l'aider à marcher.
El brazo de Grete rodeaba a su madre para ayudarla a caminar.
« Que prenons-nous maintenant ? » demanda Grete en regardant autour d'elle.
"¿Qué nos llevamos ahora?" dijo Grete y miró a su alrededor.
À ce moment précis, son regard croisa celui de Gregor.
Justo en ese momento su mirada se encontró con los ojos de Gregor.
Malgré le choc, elle a gardé son sang-froid.
A pesar del shock, mantuvo la presencia de ánimo.
Probablement uniquement à cause de la présence de sa mère.
Probablemente sólo por la presencia de su madre.
Elle pencha le visage vers sa mère, lui cachant la vue.
Ella inclinó su rostro hacia su madre, cubriéndole la vista.
Et puis elle dit, d'une voix tremblante et sans réfléchir :
Y entonces dijo, aunque temblorosa y desconsiderada:
«Allez, on ne devrait pas retourner au salon ?»
-Vamos, ¿no deberíamos volver a la sala de estar?
Gregor comprenait aisément les intentions de sa sœur.
Gregor podía comprender fácilmente las intenciones de la hermana.
Sa priorité absolue était de mettre sa mère en sécurité.
Su primera prioridad fue poner a su madre a salvo.
Mais ensuite, elle allait le poursuivre depuis le mur.
Pero luego ella iba a perseguirlo desde la pared.
« Eh bien, elle peut toujours essayer ! » pensa Gregor.
«¡Pues claro que puede intentarlo!», pensó Gregor para sus adentros.
Il s'assit fermement sur son tableau et ne le lâcha pas.
Se sentó firmemente sobre su imagen y no renunció a ella.
Il aurait préféré sauter au visage de sa sœur.
Preferiría haberle saltado en la cara a la hermana.

Mais les paroles de Grete avaient encore plus inquiété sa mère.

Pero las palabras de Grete preocuparon aún más a su madre.

Elle s'écarta pour voir ce qu'on lui cachait.

Ella se hizo a un lado para ver lo que le ocultaban.

Et elle vit la tache brune sur le papier peint à fleurs.

Y vio la mancha marrón en el papel pintado floreado.

Et elle a crié avant même de réaliser que c'était Gregor.

Y ella gritó antes de darse cuenta de que era Gregor.

« Oh mon Dieu ! » hurla-t-elle en tendant les bras.

"Oh Dios", gritó con los brazos extendidos.

Et elle s'est effondrée sur le canapé comme si elle avait renoncé.

Y ella se dejó caer en el sofá como si se hubiera rendido.

« Gregor ! » cria sa sœur en levant le poing.

—¡Gregor! —gritó la hermana levantando el puño.

Et elle lui lança un regard long, dur et pénétrant.

Y ella le dirigió una mirada larga, dura y penetrante.

C'était la première fois qu'elle lui parlait directement.

Esta era la primera vez que hablaba con él directamente.

Elle a couru dans la pièce voisine pour aller chercher des sels d'ammoniaque.

Corrió a la habitación de al lado para conseguir algunas sales aromáticas.

Elle devait ramener sa mère à la conscience.

Tenía que devolverle la conciencia a su madre.

Gregor voulait aider, il pourrait sauvegarder la photo plus tard.

Gregor quería ayudar, podría salvar la imagen más tarde.

Mais il s'était solidement collé à la vitre.

Pero él se había quedado firmemente pegado al cristal.

Il a donc dû s'arracher à ce point en utilisant beaucoup de force.

Entonces tuvo que apartarse usando mucha fuerza.

Il courut lui aussi dans la pièce voisine, où se trouvait sa sœur.

Él también corrió a la habitación de al lado, donde estaba la hermana.

Autrefois, il aurait pu lui donner quelques conseils.

En el pasado podría haberle dado algún consejo.

Mais à présent, il ne pouvait rien faire d'autre que rester là, impuissant, et regarder.

Pero ahora no podía hacer nada más que quedarse de brazos cruzados y observar.

Elle fouilla dans le tiroir, ouvrant diverses bouteilles.

Revolvió el cajón y abrió varias botellas.

Et il lui faisait encore peur quand elle se retournait.

Y todavía la asustó cuando ella se dio la vuelta.

Une bouteille est tombée par terre, s'est cassée et a éclaté.

Una botella cayó al suelo, se rompió y se astilló.

Un éclat de verre a frappé Gregor au visage et l'a blessé.

Una astilla de vidrio golpeó la cara de Gregor y lo hirió.

La bouteille contenait une sorte de liquide caustique.

La botella contenía algún tipo de líquido cáustico.

Et maintenant, le liquide corrosif brûlait le visage de Gregor.

Y ahora el líquido corrosivo quemaba la cara de Gregor.

Sa sœur, cependant, n'avait pas de temps à consacrer à Gregor pour le moment.

Sin embargo, la hermana no tenía tiempo para Gregor en ese momento.

Elle ramassa autant de bouteilles qu'elle put.

Ella recogió tantas botellas como pudo.

Et elle est retournée en courant vers sa mère avec les médicaments.

Y ella corrió de nuevo hacia su madre con la medicina.

Elle claqua la porte du pied, empêchant Gregor d'entrer.

Ella cerró la puerta con el pie, dejando afuera a Gregor.

Il était désormais coupé de sa mère, potentiellement mourante.

Ahora estaba separado de su madre, que estaba potencialmente moribunda.

S'il ouvrait la porte, il chasserait sa sœur.

Si abriera la puerta, echaría a la hermana.

Mais bien sûr, elle devait rester pour s'occuper de sa mère.
Pero por supuesto tuvo que quedarse para cuidar a la madre.
Il ne pouvait plus rien faire d'autre qu'attendre.
Ya no podía hacer nada más que esperarlos.
Rongé par les remords et l'anxiété, il se mit à ramper.
Acosado por el autorreproche y la ansiedad, comenzó a gatear.
Il rampait partout : sur les murs, les meubles, le plafond.
Se arrastró por todas partes: las paredes, los muebles, el techo.
Il avait l'impression que toute la pièce tournait autour de lui.
Sintió como si toda la habitación girara a su alrededor.
Finalement, désespéré et pris de vertiges, il retomba.
Finalmente, desesperado y mareado, volvió a caer.
Et il est tombé directement sur la grande table de la salle à manger.
Y cayó justo encima de la gran mesa del comedor.
Il resta allongé là un certain temps, engourdi et incapable de bouger.
Pasó algún tiempo tendido allí, entumecido e incapaz de moverse.
Il était épuisé par tout ce que cette journée lui avait apporté.
Estaba exhausto por todo lo que el día le había traído.
Le silence régnait partout, mais c'était peut-être bon signe.
Todo estaba tranquilo, pero tal vez eso era una buena señal.
Puis, brisant le silence, la sonnette retentit à l'extérieur.
Entonces, rompiendo el silencio, sonó el timbre de la puerta de afuera.
La bonne, bien sûr, s'était enfermée dans sa cuisine.
La criada, por supuesto, se había encerrado en su cocina.
La sœur était donc la seule à pouvoir ouvrir la porte.
Así que la hermana era la única que podía abrir la puerta.
« Que s'est-il passé ? » fut la première question du père.
"¿Qué pasó?" fue lo primero que preguntó el padre.
L'apparence de Grete lui avait probablement tout dit.
La aparición de Grete probablemente le había dicho todo.
La voix de Grete devint étouffée et monotone tandis qu'elle parlait.

La voz de Grete se volvió apagada y apagada mientras hablaba.

Elle a dû enfouir son visage contre la poitrine de son père.

Ella debió haber presionado su cara contra el pecho de su padre.

« Maman était inconsciente, mais elle va mieux maintenant. »

"La madre estaba inconsciente, pero ahora se siente mejor".

« Gregor s'est échappé », a-t-elle ajouté, ce à quoi il s'attendait.

—Gregor ha escapado —añadió, tal como él esperaba.

« Je vous l'ai toujours dit, il allait s'échapper un jour. »

"Siempre te dije que algún día se escaparía."

« Mais vous, les femmes, vous ne vouliez pas m'écouter, n'est-ce pas ? »

—Pero vosotras, las mujeres, no quisisteis escucharme, ¿verdad?

Gregor comprit rapidement comment son père verrait les choses.

Gregor se dio cuenta rápidamente de cómo vería las cosas su padre.

Il avait mal interprété le message trop bref de Grete.

Había malinterpretado el mensaje demasiado breve de Grete.

Il supposa que Gregor avait commis un acte de violence.

Supuso que Gregor había cometido algún acto de violencia.

Gregor devait trouver un moyen d'apaiser son père d'une manière ou d'une autre.

Gregor tenía que encontrar una manera de apaciguar a su padre de alguna manera.

Parce qu'il n'avait pas le temps de lui expliquer les choses.

Porque no tuvo tiempo de explicarle las cosas.

Mais de toute façon, il n'aurait pas été capable d'expliquer les choses.

Pero de todos modos no habría podido explicar las cosas.

Il s'est donc enfui vers la porte et s'y est plaqué.

Entonces huyó hacia la puerta y se pegó a ella.

Ainsi, son père pourrait le voir depuis l'antichambre.

De esa manera su padre podría verlo desde la antesala.

Et il pourrait constater qu'il avait les meilleures intentions.

Y podría ver que tenía las mejores intenciones.

Il n'était pas nécessaire de le repousser avec un balai.

No había necesidad de empujarlo con una escoba.

Il aurait suffi que le père ouvre la porte.

Lo único que el padre habría tenido que hacer era abrir la puerta.

Mais il n'était pas d'humeur à remarquer de telles subtilités.

Pero él no estaba de humor para notar tales sutilezas.

« Te voilà ! » s'exclama-t-il dès qu'il entra.

"¡Ahí estás!" exclamó nada más entrar.

C'était comme s'il était à la fois en colère et heureux.

Era como si estuviera enojado y feliz al mismo tiempo.

Il recula la tête et leva les yeux vers son père.

Echó la cabeza hacia atrás y miró al padre.

Il n'avait pas imaginé son père debout là, dans cette position.

No se había imaginado que su padre estuviera allí así.

Mais ces derniers temps, il s'était trouvé une nouvelle distraction.

Pero en los últimos tiempos había encontrado una nueva distracción.

Ramper occupait désormais une grande partie de sa journée.

Gatear ahora ocupaba gran parte de su día.

Auparavant, il se tenait au courant de toutes les nouvelles dans l'appartement.

Antes, él estaba al tanto de todas las novedades que ocurrían en el apartamento.

Mais ces derniers temps, il n'y avait pas prêté beaucoup d'attention.

Pero últimamente no había estado prestando tanta atención.

Il aurait dû se préparer à faire face aux changements.

Debería haber estado preparado para afrontar los cambios.

Pour autant, cet homme qui se tenait devant lui était-il encore son père ?

Sin embargo, ¿era este hombre que tenía delante todavía el padre?

Était-ce le même homme qui avait l'habitude de rester allongé, fatigué, dans son lit ?
¿Era él el mismo hombre que solía yacer cansado en su cama?
Alors que Gregor était déjà parti en voyage d'affaires.
Cuando Gregor ya se había ido de viaje de negocios.
Était-ce le même homme qui le saluait le soir ?
¿Era él el mismo hombre que lo saludaba por las noches?
Lorsqu'il était en robe de chambre, dans son fauteuil.
Cuando estaba en bata en su sillón.
Était-ce le même homme qui n'avait pas pu se lever pour l'accueillir ?
¿Era el mismo hombre que no pudo levantarse a darle la bienvenida?
Restant assis, il leva le bras en signe de joie.
Entonces, permaneciendo sentado, levantó el brazo en señal de alegría.
Était-ce le même homme avec qui il faisait parfois des promenades ?
¿Era el mismo hombre con el que salía a caminar de vez en cuando?
Exceptionnellement : quelques dimanches par an, ou les jours fériés.
En raras ocasiones: algunos domingos al año o días festivos.
Était-ce le même homme qui marchait, enveloppé dans son pardessus ?
¿Era el mismo hombre que caminaba envuelto en su abrigo?
S'est-il lentement avancé, entre la mère et lui ?
¿Avanzó lentamente, entre la madre y él?
Et ils marchaient déjà lentement à cause de lui.
Y ellos ya caminaban lentamente por causa de él.
Mais à présent, cet homme se tenait droit et fort.
Pero ahora este hombre estaba de pie, fuerte y erguido.
Il portait un uniforme bleu à boutons dorés.
Estaba vestido con un uniforme azul con botones dorados.
Les badges que portent les employés des institutions bancaires.

Botones que llevan los empleados de las instituciones bancarias.
Au-dessus du col rigide, son double menton prononcé se dessinait.
Por encima del rígido cuello emergía su fuerte papada.
Sous ses sourcils broussailleux, ses yeux noirs fixaient le vide.
Bajo sus pobladas cejas se asomaban sus ojos negros.
À présent, ses yeux paraissaient perçants, frais et alertes.
Ahora sus ojos parecían penetrantes, frescos y alertas.
Les cheveux blancs, auparavant ébouriffés, étaient désormais peignés.
El cabello blanco, anteriormente despeinado, fue peinado hacia abajo.
Et ses cheveux étaient désormais coiffés d'une raie centrale méticuleuse.
Y su cabello ahora tenía una meticulosa raya central.
Il jeta son chapeau, orné d'un monogramme en or.
Arrojó su sombrero, que estaba adornado con un monograma dorado.
Il s'agissait probablement du monogramme de la banque pour laquelle il travaillait.
Probablemente era el monograma del banco en el que trabajaba.
Et le chapeau atterrit sur le canapé, pour être rangé plus tard.
Y el sombrero aterrizó en el sofá, para guardarlo más tarde.
Il repoussa le bas de sa longue veste d'uniforme.
Empujó hacia atrás la parte inferior de la larga chaqueta del uniforme.
Et il mit ses pouces dans les poches de son pantalon.
Y metió los pulgares en los bolsillos de sus pantalones.
Puis, le visage sombre, il s'avança vers Gregor.
Y luego, con cara sombría, caminó hacia Gregor.
Il ne savait probablement même pas ce qu'il comptait faire.
Probablemente ni siquiera sabía lo que planeaba hacer.
Mais il leva néanmoins les pieds exceptionnellement haut.
Pero aún así levantó los pies inusualmente alto.

Gregor était stupéfait par la taille énorme de ses bottes.

Gregor estaba asombrado por el enorme tamaño de sus botas.

Mais il n'y avait vraiment pas le temps de s'extasier devant ses chaussures.

Pero realmente no había tiempo para maravillarse con sus zapatos.

Le père avait opté pour une discipline très stricte.

El padre había decidido aplicar una disciplina muy estricta.

Seule la plus grande sévérité convenait à Gregor.

Para Gregor sólo era apropiada la mayor severidad.

Il le savait dès le premier jour de sa transformation.

Él lo sabía desde el primer día de su transformación.

Il courut vers son père et s'arrêta quand celui-ci s'arrêta.

Corrió hacia su padre y se detuvo cuando él se detuvo.

Il se précipita de nouveau vers lui lorsqu'il bougea à nouveau.

Corrió hacia él nuevamente cuando se movió de nuevo.

Le père marqua une pause, et Gregor fit de même.

El padre se detuvo un momento y Gregor también.

Et il se précipita de nouveau en avant dès que son père eut bougé.

Y corrió hacia adelante nuevamente tan pronto como su padre se movió.

Ils firent ainsi plusieurs fois le tour de la pièce.

De esta manera dieron varias vueltas alrededor de la habitación.

Aucun avantage décisif n'avait encore été obtenu par qui que ce soit.

Nadie había conseguido aún ninguna ventaja decisiva.

On n'aurait pas pu avoir l'impression d'une poursuite.

No se podría haber tenido la impresión de una persecución.

Parce que tout l'événement se déroulait beaucoup trop lentement.

Porque todo el acontecimiento se estaba produciendo demasiado lentamente.

Gregor avait décidé de rester au sol.

Gregor había decidido quedarse en tierra.

Il aurait pu courir le long des murs et du plafond.
Podría haber corrido por las paredes y a lo largo del techo.
Mais il ne voulait pas provoquer inutilement le père.
Pero no quería provocar al padre innecesariamente.
Une telle évasion aurait pu paraître particulièrement
perverse.
Una huida así podría haber parecido especialmente perversa.
Gregor admit que cette poursuite ne pourrait pas durer
beaucoup plus longtemps.
Gregor admitió que esta persecución no podía durar mucho
más.
Chaque étape nécessitait une myriade de mouvements.
Cada paso debía ir acompañado de una miríada de
movimientos.
Il commençait déjà à avoir le souffle court.
Ya empezaba a sentir falta de aire.
Même avant cela, il n'avait jamais eu des poumons
totalement fiables.
Incluso antes nunca había tenido unos pulmones
completamente confiables.
Il avançait en titubant, économisant ses forces pour la
course.
Avanzó tambaleándose, guardando sus fuerzas para la
carrera.
Il était si fatigué qu'il avait du mal à garder les yeux ouverts.
Estaba tan cansado que apenas podía mantener los ojos
abiertos.
Ses pensées étaient devenues trop lentes pour qu'il puisse
envisager d'autres solutions.
Sus pensamientos se volvieron demasiado lentos para pensar
en otras escapatorias.
Il avait presque oublié que les murs étaient à sa disposition.
Casi había olvidado que los muros estaban a su disposición.
Mais les murs étaient de toute façon dissimulés derrière des
meubles.
Pero de todos modos las paredes estaban ocultas detrás de los
muebles.

Et les meubles avaient trop d'encoches et de saillies.
Y los muebles tenían demasiadas muescas y protuberancias.
Et puis, juste à côté de lui, en roulant, il y avait une pomme.
Y luego, justo a su lado, rodando, había una manzana.
Il réalisa que la pomme avait dû lui être lancée.
La manzana debió haberle sido arrojada, se dio cuenta.
Mais il n'eut pas le temps de réfléchir qu'une autre pomme arriva.
Pero no tuvo tiempo de pensar antes de que llegara otra manzana.
Gregor resta figé, sous le choc de la nouvelle stratégie de son père.
Gregor se quedó paralizado por la nueva estrategia del padre.
Il ne pouvait plus rien gagner à essayer de fuir.
Ya no podía ganar nada intentando huir.
Le père avait décidé de le bombarder de fruits.
El padre había decidido bombardearlo con fruta.
Il avait rempli ses poches avec les fruits du bol de la cuisine.
Se había llenado los bolsillos con lo que había en el frutero de la cocina.
Sans viser particulièrement, il lançait pomme après pomme.
Sin apuntar especialmente, lanzó manzana tras manzana.
Ces petites pommes rouges roulaient sur le sol.
Estas pequeñas manzanas rojas rodaban por el suelo.
Comme électrifiées, les pommes se heurtèrent les unes aux autres.
Como si estuvieran electrificadas, las manzanas chocaron entre sí.
Une des pommes, lancée mollement, a effleuré le dos de Gregor.
Una de las manzanas lanzadas débilmente rozó la espalda de Gregor.
Heureusement pour lui, la pomme a glissé sans le blesser.
Afortunadamente para él, la manzana se deslizó sin sufrir daño.
Cependant, la pomme lancée ensuite était plus précise.
Sin embargo, la manzana lanzada después fue más precisa.

Et cette pomme s'est logée profondément dans le dos de Gregor.

Y esta manzana se alojó profundamente en la espalda de Gregor.

Gregor voulait s'éloigner de la douleur.

Gregor quería alejarse del dolor.

Peut-être pourrait-on échapper à cette nouvelle douleur inimaginable.

Quizás se pueda escapar de este nuevo e increíble dolor.

Un changement d'endroit pourrait peut-être soulager son supplice.

Quizás un cambio de ubicación aliviaría su agonía.

Mais il avait l'impression d'être cloué au sol.

Pero se sentía como si lo hubieran clavado al suelo.

Il s'étira, mais seulement à cause de sa confusion.

Se estiró, pero sólo debido a su confusión.

Ce n'est qu'à son dernier regard qu'il vit la porte s'ouvrir.

Sólo con su última mirada vio que la puerta se abría.

La mère s'est précipitée devant sa sœur qui hurlait.

La madre corrió hacia su hermana, que gritaba.

Sa sœur l'avait déshabillée, elle était donc encore en chemise.

La hermana la había desnudado, por lo que estaba en camisa.

Elle avait besoin de respirer pendant son inconscience.

Había necesitado respirar en su inconsciencia.

Il voyait encore la mère courir vers le père.

Todavía veía cómo la madre corría hacia el padre.

Ses jupes glissèrent au sol, l'une après l'autre.

Sus faldas se deslizaron hasta el suelo, una tras otra.

Il la vit s'approcher du père et trébucher sur sa jupe.

La vio acercarse al padre y tropezar con su falda.

L'enlaçant, elle demanda qu'on épargne la vie de Gregor.

Abrazándolo, pidió que le perdonaran la vida a Gregor.

En parfaite harmonie avec son corps, sa vue s'est éteinte.

En completa unión con su cuerpo, su vista falló.

Troisième partie
Tercera parte

Gregor a souffert de cette grave blessure pendant plus d'un mois.

Gregor sufrió la grave lesión durante más de un mes.

La pomme restait incrustée ; personne n'osait l'enlever.

La manzana quedó incrustada; nadie se atrevió a sacarla.

La pomme restait plantée dans sa chair comme un rappel visible.

La manzana permaneció en su carne como un recordatorio visible.

Mais la pomme servait aussi de rappel au père.

Pero la manzana también sirvió como recordatorio para el padre.

Il comprit que Gregor ne devait pas être traité comme un ennemi.

Se dio cuenta de que no debía tratar a Gregor como a un enemigo.

Actuellement, son apparence pourrait être triste et repoussante.

Actualmente su apariencia puede ser triste y repugnante.

Mais il restait néanmoins un membre de leur famille.

Pero aún así, seguía siendo un miembro de su familia.

Il a fallu accepter et tolérer cette réticence.

Había que aceptar la reticencia y tolerarla.

En raison de sa blessure, il risque fort de perdre sa mobilité à jamais.

Debido a su herida, es posible que haya perdido su movilidad para siempre.

Il continuait à ramper dans sa chambre, mais beaucoup plus lentement.

Todavía gateaba por su habitación, pero mucho más lento.

Ramper à une quelconque hauteur était hors de question.

Arrastrarse a cualquier altura estaba fuera de cuestión.

Mais Gregor a bien reçu une forme de compensation.

Pero Gregor recibió algún tipo de compensación.

Le soir, la porte du salon lui fut ouverte.
Por la noche se le abrió la puerta del salón.
Et il estimait que ces réparations étaient tout à fait adéquates.
Y consideró que estas reparaciones eran completamente adecuadas.
Avant le soir, il avait déjà commencé à surveiller la porte.
Antes del anochecer ya había empezado a vigilar la puerta.
Il était allongé dans l'obscurité, invisible depuis le salon.
Él yacía en la oscuridad, invisible desde la sala de estar.
Il pouvait voir toute la famille à la table illuminée.
Pudo ver a toda la familia en la mesa iluminada.
Il était désormais autorisé à écouter leurs conversations.
Ahora se le permitió escuchar sus conversaciones.
C'était très différent de leur arrangement précédent.
Esto fue bastante diferente a su arreglo anterior.
Les conversations animées d'autrefois étaient terminées.
Las animadas conversaciones de tiempos pasados habían terminado.
C'étaient ces conversations qu'il désirait tant.
Éstas eran las conversaciones que tanto anhelaba.
Lorsqu'il dormait seul dans de petites chambres d'hôtel.
Cuando dormía solo en pequeñas habitaciones de hotel.
Quand il a dû se jeter dans les draps humides.
Cuando tuvo que arrojarse entre las sábanas húmedas.
Mais les soirées étaient désormais généralement calmes et sans incident.
Pero ahora las tardes eran en su mayoría tranquilas y sin acontecimientos.
Le père s'est endormi dans son fauteuil après le dîner.
El padre se quedó dormido en su sillón después de cenar.
Et la mère et la sœur s'exhortaient mutuellement à se taire.
Y la madre y la hermana se animaban mutuamente a guardar silencio.
La mère, penchée très haut sur la lampe, cousait du lin.
La madre, inclinada hacia la luz, cosía lino.

Elle confectionne maintenant des robes pour l'un des magasins de mode.

Ahora ella hace vestidos para una de las tiendas de moda.

Comme Gregor, sa sœur avait trouvé un emploi de vendeuse.

Al igual que Gregor, la hermana había conseguido un trabajo como vendedora.

Elle apprenait la sténographie et le français le soir.

Ella estaba aprendiendo taquigrafía y francés por las tardes.

Afin qu'elle puisse peut-être obtenir un meilleur poste plus tard.

Para que más adelante pudiera tal vez conseguir un mejor puesto de trabajo.

Parfois, le père se réveillait de sa sieste du soir.

A veces el padre se despertaba de sus siestas nocturnas.

« Chérie, tu as déjà cousu tellement longtemps aujourd'hui ! »

"¡Cariño, ya llevas un buen rato cosiendo hoy!"

Il semblait avoir oublié qu'il dormait.

Parecía haber olvidado que había estado durmiendo.

Mais il retombait aussitôt dans son sommeil.

Pero inmediatamente volvió a caer en un sueño profundo.

Et la mère et la sœur s'échangèrent un sourire las.

Y la madre y la hermana se sonrieron cansadamente.

Le père avait développé une étrange nouvelle obstination.

El padre había desarrollado una extraña y nueva terquedad.

Même chez lui, il refusait d'enlever son uniforme de domestique.

Incluso en casa se negó a quitarse el uniforme de sirviente.

Et son peignoir pendait inutilement sur le cintre.

Y su bata colgaba inútilmente en la percha.

Le père dormit donc, tout habillé, dans son fauteuil.

Así pues, el padre dormía, completamente vestido, en su sillón.

C'était comme s'il était toujours prêt à rendre service.

Era como si siempre estuviera dispuesto a prestar su servicio.

Comme s'il attendait simplement la voix de son supérieur.

Como si estuviera esperando la voz de su superior.

Cela a eu pour conséquence que son uniforme a perdu sa propreté.

Esto provocó que su uniforme perdiera su limpieza.

Bien que l'uniforme ne fût pas neuf lorsqu'il l'a reçu.

Aunque el uniforme tampoco era nuevo cuando lo recibió.

Et la mère faisait de son mieux pour prendre soin de l'uniforme.

Y la madre hizo todo lo posible para cuidar el uniforme.

Gregor passait des soirées entières à contempler cet uniforme.

Gregor pasaba tardes enteras mirando este uniforme.

Il observa le vieil homme dormir très mal.

Observó cómo el anciano dormía de manera muy incómoda.

Mais dans son sommeil, il remarqua aussi quelque chose de paisible.

Pero mientras dormía también notó algo pacífico.

Lorsque l'horloge a sonné dix heures, la mère a essayé de le réveiller.

Cuando el reloj dio las diez la madre intentó despertarlo.

Elle lui parla doucement et le persuada d'aller se coucher.

Ella habló en voz baja y lo convenció de ir a la cama.

Parce que dormir sur un fauteuil, ce n'était pas du vrai sommeil.

Porque dormir en el sillón no era dormir de verdad.

Il allait devoir commencer à travailler à six heures.

Iba a tener que empezar a trabajar a las seis en punto.

Il avait donc vraiment besoin de dormir le mieux possible.

Así que realmente necesitaba dormir lo mejor posible.

Mais il était pris d'une nouvelle forme d'obstination.

Pero una nueva forma de terquedad se apoderó de él.

Le fait de devenir serviteur avait commencé à avoir cet effet sur lui.

Convertirse en sirviente había comenzado a tener ese efecto en él.

Il insistait donc toujours pour rester plus longtemps à table.

Así que siempre insistía en quedarse más tiempo en la mesa.

Bien qu'il se rendormît régulièrement dans son fauteuil.
Aunque con regularidad volvía a quedarse dormido en su silla.
Et il ne pouvait être déplacé qu'avec la plus grande difficulté.
Y sólo con la mayor dificultad pudo ser movido.
Il a fallu lui dire que ce lit lui conviendrait mieux.
Tuvieron que decirle que la cama sería mejor para él.
La mère et la sœur ont dû insister, malgré quelques avertissements.
Madre y hermana tuvieron que insistir con pequeñas advertencias.
Pendant quinze minutes, il se contenta de secouer lentement la tête.
Durante quince minutos se limitó a menear lentamente la cabeza.
Et il garda les yeux fermés et refusa de se lever.
Y mantuvo los ojos cerrados y se negó a levantarse.
La mère tira doucement, mais fermement, sur sa manche.
La madre tiró de su manga, suavemente, pero con firmeza.
Et elle lui murmurait des mots flatteurs à l'oreille, encore fatiguée.
Y ella susurró palabras halagadoras en sus oídos cansados.
La sœur a interrompu sa tâche pour aider sa mère.
La hermana abandonó la tarea que tenía entre manos para ayudar a su madre.
Mais aucun de leurs efforts n'a fonctionné sur le père.
Pero ninguno de sus esfuerzos funcionó con el padre.
Il s'enfonça encore plus profondément dans son fauteuil, prêt à dormir.
Se hundió aún más en su silla, preparado para dormir.
Et finalement, les femmes l'ont attrapé sous les aisselles.
Y finalmente las mujeres lo agarraron por las axilas.
Il ouvrit les yeux et les regarda tour à tour.
Abrió los ojos y los miró alternativamente.
« Quelle vie ! » se plaignit-il en allant se coucher.
"¡Qué vida ésta!" se quejó al irse a dormir.

« Est-ce là la paix qui m'a été accordée dans ma vieillesse ? »
"¿Es esta la paz que me ha sido dada en mi vejez?"
Mais alors, s'appuyant sur les deux femmes, il se leva maladroitement.
Pero entonces, apoyándose en las dos mujeres, se levantó torpemente.
Il agissait comme s'il portait le fardeau le plus lourd.
Actuó como si llevara la carga más pesada.
Il laissa les deux femmes le conduire au fond de la pièce.
Dejó que las dos mujeres lo guiaran hasta el final de la habitación.
Là, il leur souhaita bonne nuit et poursuivit son chemin seul.
Allí les deseó buenas noches y continuó su camino.
Mais la mère jeta précipitamment son nécessaire à couture.
Pero la madre rápidamente arrojó su kit de costura.
Et la sœur posa elle aussi le stylo et le bloc-notes.
Y la hermana también dejó el bolígrafo y el bloc de notas.
Et ils coururent derrière le père pour l'aider davantage.
Y corrieron detrás del padre para ayudarle aún más.
Qui, dans cette famille surmenée, avait du temps à consacrer à Gregor ?
¿Quién en esta familia sobrecargada de trabajo tenía tiempo para Gregor?
Qui aurait pu lui accorder plus d'attention que nécessaire ?
¿Quién podría haberle prestado más atención de la necesaria?
Le budget des ménages est devenu de plus en plus restreint.
El presupuesto familiar se fue restringiendo cada vez más.
Finalement, pour faire des économies, ils ont dû licencier la bonne.
Al final, para ahorrar dinero, tuvieron que despedir a la criada.
Elle fut remplacée par une femme à la carrure imposante et aux cheveux blancs.
Fue reemplazada por una mujer de cabello blanco y huesos gruesos.
Mais cette femme ne venait que le matin et le soir.
Pero esta mujer venía sólo por la mañana y por la tarde.

Et tout le travail le plus lourd et le plus pénible lui avait été réservé.

Y todo el trabajo más pesado y duro quedó guardado para ella.

Toutes les autres tâches ménagères étaient prises en charge par la mère.

La madre se encargaba de todos los demás quehaceres.

Il est même arrivé que plusieurs bijoux de famille soient vendus.

Incluso ocurrió que se vendieron varias joyas familiares.

Des bijoux que les femmes avaient portés avec joie lors des festivités.

Joyas que las mujeres lucieron felizmente durante las celebraciones.

Gregor a appris cela lors d'une discussion générale.

Gregor aprendió esto en una de las discusiones generales.

Le principal grief, cependant, portait sur autre chose.

La mayor queja, sin embargo, fue otra.

L'appartement était trop grand, mais ils ne pouvaient pas déménager.

El apartamento era demasiado grande, pero no podían mudarse.

Il était impossible de déplacer Gregor.

No había manera de que pudieran reubicar a Gregor.

Mais Gregor comprit que ce n'était pas seulement une question de considération.

Pero Gregor se dio cuenta de que no era sólo una consideración.

Quelque chose d'autre les a empêchés de déménager ailleurs.

Algo más les impidió mudarse a otro lugar.

Il aurait facilement pu être transporté dans une caisse appropriée.

Podría haber sido fácilmente transportado en una caja adecuada.

Leur sentiment de désespoir total les a paralysés.

Sus sentimientos de completa desesperanza los frenaron.

Ils ne voulaient pas admettre que le malheur les avait frappés.

No querían admitir que la desgracia les había golpeado.

Ils ont accompli ce que le monde exige des pauvres.

Lo que el mundo exige de los pobres, ellos lo cumplen.

Le père a apporté le petit déjeuner au jeune employé de banque.

El padre le preparó el desayuno al pequeño empleado del banco.

La mère s'est sacrifiée pour laver le linge d'inconnus.

La madre se sacrificó por la ropa de desconocidos.

La sœur faisait des allers-retours pour prendre les commandes des clients.

La hermana corría de un lado a otro para atender los pedidos de los clientes.

Mais ils n'avaient tout simplement plus la force d'en faire plus.

Pero ya no tenían fuerzas para hacer más.

La blessure dans le dos de Gregor commença à le faire encore plus souffrir.

La herida en la espalda de Gregor comenzó a doler aún más.

Chaque soir, la mère et la sœur amenaient le père au lit.

Cada noche, la madre y la hermana llevaban al padre a la cama.

Ils laissèrent leur travail où il était et s'assirent ensemble.

Dejaron su trabajo donde estaba y se sentaron juntos.

Ils se rapprochèrent et s'assirent joue contre joue.

Y se acercaron más y se sentaron mejilla contra mejilla.

La mère désigna la pièce d'où il observait.

La madre señaló la habitación desde donde él observaba.

« Pourriez-vous fermer la porte ? » demanda-t-elle à sa sœur.

"¿Podrías cerrar la puerta?" le preguntó a la hermana.

Et Gregor se retrouva de nouveau seul dans le noir.

Y entonces Gregor se quedó solo otra vez en la oscuridad.

Et dans la pièce voisine, la femme mêla leurs larmes.

Y en la habitación de al lado la mujer mezcló sus lágrimas.

Ou bien ils restaient assis, les yeux secs, fixant simplement la table.

O bien se quedaban sentados con los ojos secos, simplemente mirando la mesa.

Gregor ne dormait pratiquement pas, ni la nuit ni le jour.

Gregor apenas durmió, ni de noche ni de día.

Il réfléchissait souvent à la façon dont il pourrait aider sa famille.

A menudo pensaba en cómo podría ayudar a la familia.

Il songea à gagner à nouveau de l'argent pour eux.

Pensó en ganar dinero nuevamente para ellos.

Il songea à faire ce qu'il faisait autrefois pour eux.

Pensó en hacer lo que solía hacer por ellos.

Le représentant autorisé lui revint dans ses pensées.

En sus pensamientos regresó el representante autorizado.

Et cette fois, le patron est également venu à l'appartement.

Y esta vez el jefe también vino al apartamento.

Et les commis et les apprentis étaient là aussi.

Y los oficinistas y los aprendices también estaban allí.

Même le domestique un peu simplet est venu le voir.

Incluso el lento empleado de la oficina vino a verlo.

Il y avait deux ou trois amis d'autres entreprises.

Había dos o tres amigos de otros negocios.

Une des femmes de chambre d'un hôtel de province.

Una de las camareras de un hotel de provincias.

Un souvenir précieux et fugace auquel il s'efforçait de s'accrocher.

Un recuerdo querido y fugaz al que intentó aferrarse.

Une caissière d'une chapellerie pour laquelle il avait des intentions.

Una cajera de una sombrerería para quien tenía intenciones.

Mais il avait été un peu trop lent à obtenir son approbation.

Pero había sido un poco lento en ganar su aprobación.

Ils lui apparurent tous, mêlés à des inconnus.

Todos ellos aparecieron en sus pensamientos, mezclados con desconocidos.

Et d'autres n'apparurent pas ; ils étaient déjà oubliés.

Y otros no aparecieron, ya estaban olvidados.
Mais ils ne l'ont pas aidé, ni lui, ni sa famille.
Pero no le ayudaron a él ni tampoco a la familia
Ils étaient inaccessibles, et il était content quand ils sont partis.
Eran inaccesibles y él se alegró cuando se fueron.
Il n'était pas toujours d'humeur à se soucier de sa famille.
No siempre estaba de humor para preocuparse por la familia.
Et il était rempli de rage à cause de ce manque d'attention.
Y se llenó de rabia por la falta de atención.
Et il ne pouvait imaginer rien qui puisse lui faire envie.
Y no podía imaginar nada que le apeteciera.
Mais il avait tout de même prévu de cambrioler le garde-manger.
Pero aún así hizo planes para entrar en la despensa.
Et il allait prendre tout ce qui lui était dû.
Y él iba a tomar todo lo que se merecía.
Sa sœur ne faisait plus aucun effort particulier pour lui.
La hermana ya no hacía ningún esfuerzo especial por él.
Elle ne consacrait plus de temps à chercher à lui plaire.
Ella ya no pasaba el tiempo pensando en complacerlo.
Avant d'aller travailler, elle a rapidement glissé de la nourriture dans la pièce.
Antes de ir a trabajar, rápidamente metió algo de comida en la habitación.
Et le soir venu, elle a rapidement ramassé les restes.
Y por la noche volvió a barrer rápidamente la comida.
Elle ne faisait plus attention à savoir s'il avait mangé ou non.
Ya no se daba cuenta de si había comido o no.
Le plus souvent, la nourriture restait intacte.
En la actualidad, la mayoría de las veces la comida se dejaba intacta.
Elle continuait de traverser la pièce rapidement le soir.
Ella todavía barría rápidamente la habitación por la noche.
Mais maintenant, elle se contentait du strict minimum, aussi vite que possible.
Pero ahora hizo lo mínimo, lo más rápido posible.

Des traînées de saleté jonchaient les murs.

Quedaron vetas de suciedad corriendo por las paredes.

Des boules de poussière et de détritus jonchaient le sol.

Bolas de polvo y basura quedaron tiradas en el suelo.

Gregor manifesta son désapprobation face à son manque d'attention.

Gregor mostró su desaprobación por su falta de cuidado.

Il se tourna selon un angle particulièrement significatif.

Se giró en un ángulo particularmente significativo.

Mais il aurait pu rester à ce poste pendant des semaines.

Pero podría haber permanecido en el puesto durante semanas.

Sa sœur n'aurait pas remarqué son mécontentement.

Su hermana no habría notado su insatisfacción.

Elle voyait la saleté aussi bien que lui, voire mieux.

Ella veía la suciedad tan bien como él, o incluso mejor.

Mais elle avait décidé de laisser la saleté où elle était.

Pero ella había decidido dejar la tierra donde estaba.

À cette époque, elle a développé une sensibilité totalement nouvelle.

En ese momento adoptó una sensibilidad completamente nueva.

Elle s'était donné pour mission de nettoyer la chambre de Gregor.

Ella había hecho de la limpieza de la habitación de Gregor su responsabilidad.

La famille a été touchée par sa gentillesse et sa prévenance.

La familia se sintió conmovida por su amable consideración.

Une fois, sa mère avait nettoyé sa chambre de fond en comble.

Una vez, la madre le había dado a su habitación una limpieza a fondo.

Ce n'est qu'après avoir utilisé plusieurs seaux d'eau qu'elle a réussi.

Sólo después de utilizar unos cuantos baldes de agua lo consiguió.

Cependant, l'humidité nouvelle dans la pièce a nui à Gregor.

Sin embargo, la nueva humedad en la habitación perjudicó a Gregor.

Et il gisait, étendu de tout son long, amer et immobile sur le canapé.

Y él yacía ancho, amargado e inmóvil en el sofá.

Mais ce n'était que sa première punition pour avoir aidé.

Pero ese fue sólo su primer castigo por ayudar.

La sœur remarqua rapidement le changement dans la chambre de Gregor.

La hermana notó rápidamente el cambio en la habitación de Gregor.

Et elle s'est précipitée dans le salon, extrêmement insultée.

Y ella corrió a la sala, extremadamente insultada.

Sa mère leva les mains et tenta de la supplier.

Su madre levantó las manos y trató de implorarle.

Mais malgré une explication sincère, elle a éclaté en sanglots.

Pero a pesar de una explicación sincera, ella rompió a llorar.

Le père, bien sûr, sursauta et se leva de sa chaise.

El padre, por supuesto, se sobresaltó y se levantó de la silla.

Et les deux parents regardaient, stupéfaits et impuissants.

Y los dos padres miraban asombrados e impotentes.

Et finalement, leurs émotions s'agitèrent elles aussi.

Y con el tiempo sus emociones también se agitaron.

Le père a reproché à la mère ce qu'elle avait fait.

El padre reprochó a la madre lo que había hecho.

« Tu aurais dû laisser la chambre à Grete pour qu'elle la nettoie. »

"Deberías haber dejado la habitación para que Grete la limpiara."

Grete a crié sur sa mère parce qu'elle avait nettoyé sa chambre.

Grete le gritó a la madre por limpiar su habitación.

«Tu n'as plus jamais le droit de nettoyer sa chambre !»

"¡Nunca más podrás limpiar su habitación!"

La mère a essayé d'entraîner le père dans la chambre.

La madre intentó arrastrar al padre al dormitorio.

La sœur resta seule dans la pièce, tremblante et sanglotant.
La hermana se quedó en la habitación, temblando y sollozando.
Et elle frappa la table avec ses petits poings.
Y golpeó la mesa con sus pequeños puños.
Et Gregor siffla bruyamment de colère contre eux tous.
Y Gregor, enojado, siseó fuertemente contra todos ellos.
Pourquoi personne n'avait-il pensé à lui fermer la porte ?
¿Por qué a nadie se le ocurrió cerrarle la puerta?
Ils auraient pu lui épargner ce spectacle et ce bruit.
Podrían haberle ahorrado esta vista y este ruido.
Sa sœur était épuisée après être rentrée du travail.
La hermana estaba agotada después de llegar a casa del trabajo.
Et s'occuper de Gregor représentait encore plus de travail pour elle.
Y cuidar a Gregor era aún más trabajo para ella.
Mais cela ne signifie pas que la mère aurait dû le faire.
Pero eso no significaba que la madre debía haberlo hecho.
Gregor, en revanche, ne doit pas être négligé.
A Gregor, por el contrario, no hay que descuidarlo.
Mais maintenant, ils avaient une nouvelle bonne qui pouvait faire ce genre de choses.
Pero ahora tenían una nueva criada que podía hacer esas cosas.
Une veuve âgée à la charpente osseuse robuste.
Una viuda anciana que tenía una estructura ósea robusta.
Une stature qui l'a aidée à survivre à sa vie difficile.
Una estatura que la ayudó a sobrevivir a su difícil vida.
L'apparence de Gregor ne lui déplaisait pas vraiment.
Ella no sentía ninguna aversión real hacia la apariencia de Gregor.
Elle avait ouvert la porte de la chambre de Gregor par inadvertance.
Ella había abierto accidentalmente la puerta de la habitación de Gregor.
Ce n'était pas par curiosité particulière à propos de la pièce.

No fue por ninguna curiosidad particular sobre la habitación.

Elle faisait simplement son travail et a ouvert la porte par hasard.

Ella simplemente estaba haciendo su trabajo y por casualidad abrió la puerta.

Gregor, bien sûr, fut complètement surpris par elle.

Gregor, por supuesto, quedó completamente sorprendido por ella.

Il n'était pas poursuivi, mais il courait d'avant en arrière.

No lo perseguían, sino que corría de un lado a otro.

Elle croisa simplement les bras et le regarda ramper.

Y ella simplemente cruzó sus brazos y lo observó gatear.

Depuis lors, elle lui entrouvrait toujours un peu la porte.

Desde entonces ella siempre le abría un poquito la puerta.

Un matin, elle a jeté un coup d'œil pour voir comment il allait.

Una mañana ella entró para ver cómo estaba.

Et le soir, elle est allée prendre de ses nouvelles avant de partir.

Y por la tarde ella fue a ver cómo estaba antes de irse.

Au début, elle a aussi essayé de l'appeler pour qu'il vienne la rejoindre.

Al principio ella también intentó llamarlo para que viniera con ella.

« Viens par ici, vieux bousier ! » disait-elle.

"¡Ven aquí, viejo escarabajo pelotero!", solía decir.

Ou bien elle disait, amicalement : « Regardez ce vieux bousier ! »

O ella dijo, "¡mira ese viejo escarabajo pelotero!", amigablemente.

Gregor n'a jamais réagi lorsqu'on lui parlait de cette façon.

Gregor nunca reaccionó cuando le hablaron de esa manera.

Il resta là, immobile, et l'ignora.

Él permaneció allí, sin moverse, y la ignoró.

« Si seulement on lui avait expliqué comment faire correctement son travail. »

"Si le hubieran dicho cómo hacer correctamente su trabajo."

« Au lieu de me déranger, elle devrait nettoyer ma chambre.
»
"En lugar de molestarme debería limpiar mi habitación."
Tôt le matin, une forte pluie a frappé les fenêtres.
Una mañana temprano una fuerte lluvia golpeó las ventanas.
Peut-être la pluie était-elle déjà un signe du printemps à
venir.
Quizás la lluvia ya era una señal de la llegada de la primavera.
La bonne recommença à lui parler de cette façon.
La criada comenzó a hablarle de esa manera una vez más.
Gregor était tellement amer qu'il se tourna vers elle.
Gregor estaba tan amargado que se giró para mirarla.
Il était lent et infirme, mais c'était une sorte d'attaque.
Era lento y débil, pero fue una especie de ataque.
La bonne, en revanche, n'avait absolument pas peur de
Gregor.
La criada, sin embargo, no tenía ningún miedo de Gregor.
Au lieu de cela, elle souleva une chaise qui se trouvait près
de la porte.
En lugar de eso, levantó una silla que estaba cerca de la
puerta.
Et elle resta là, calmement, la bouche grande ouverte.
Y ella permaneció allí, tranquilamente, con la boca abierta.
Ses intentions étaient claires, même Gregor pouvait le voir.
Sus intenciones eran claras, incluso Gregor podía verlo.
Et il se retourna lentement pour reprendre sa position
initiale.
Y se giró, lentamente, a su posición original.
« Donc vous ne voulez pas vous approcher davantage, n'est-
ce pas ? »
—Entonces no quieres acercarte más, ¿verdad?
Et elle remit discrètement la chaise dans le coin.
Y silenciosamente volvió a poner la silla en la esquina.

Gregor ne mangeait presque plus rien.
Gregor ya casi no comía nada.
Parfois, lors de ses promenades dans la pièce, il s'arrêtait.

A veces, mientras caminaba por la habitación, se detenía.

Et il se retrouva à côté du repas qui lui avait été préparé.

Y se encontró junto a la comida preparada para él.

Il mit la nourriture dans sa bouche, mais seulement pour jouer avec.

Se llevó la comida a la boca, pero sólo para jugar con ella.

Et bien souvent, il le recrachait quelques heures plus tard.

Y muy a menudo lo escupía de nuevo al cabo de unas horas.

Il essaya de trouver une raison à son manque d'appétit.

Trató de encontrar una razón para su falta de apetito.

Peut-être parce qu'il était triste de l'état de sa chambre.

Quizás porque estaba triste por el estado de su habitación.

Mais il s'était fait à l'idée des changements survenus dans la pièce.

Pero ya se había adaptado a los cambios que se producían en la habitación.

Récemment, sa chambre était devenue une sorte de débarras.

Recientemente su habitación se había convertido en una especie de almacén.

Ils avaient pris l'habitude de laisser des choses là.

Se habían acostumbrado a dejar las cosas allí.

Et il restait maintenant beaucoup de choses de ce genre dans sa chambre.

Y ahora quedaban muchas cosas así en su habitación.

Parce qu'une chambre de l'appartement avait été louée.

Porque una habitación del apartamento estaba alquilada.

Trois messieurs sérieux louaient la chambre ensemble.

Tres caballeros serios alquilaban la habitación juntos.

Gregor les avait aperçus un jour à travers une fente dans la porte.

Gregor los vio una vez a través de una rendija en la puerta.

Ils portaient des barbes fournies et étaient habillés avec un soin méticuleux.

Llevaban barbas pobladas y estaban vestidos meticulosamente.

Ils étaient scrupuleux quant à la propreté des lieux.

Eran escrupulosos en mantener todo ordenado.

Leur obsession pour la propreté ne s'arrêtait pas à leur chambre.

Su insistencia en el orden no se limitaba a su habitación.

L'appartement entier devait être maintenu d'une propreté impeccable.

Todo el apartamento tenía que mantenerse perfectamente limpio.

Ils étaient encore plus pointilleux sur l'apparence de la cuisine.

Eran aún más exigentes con el aspecto de la cocina.

Et ils ne supportaient aucun encombrement inutile.

Y no podían tolerar ningún desorden innecesario.

Ils avaient également apporté leurs propres meubles.

También habían traído consigo sus propios muebles.

C'est pourquoi beaucoup de choses étaient devenues superflues.

Por esta razón muchas cosas se habían vuelto superfluas.

C'étaient des choses pour lesquelles personne n'aurait payé.

Eran cosas por las que nadie pagaría dinero.

Mais la famille ne voulait pas non plus se débarrasser de ces objets.

Pero la familia tampoco quería deshacerse de estas cosas.

Tous ces objets ont fini quelque part dans la chambre de Gregor.

Todas estas cosas fueron a parar a la habitación de Gregor.

Le cendrier de la cuisine se trouvait désormais dans sa chambre.

El cajón de cenizas de la cocina ahora estaba guardado en su habitación.

Et les ordures étaient entreposées dans sa chambre jusqu'au jour de la collecte.

Y la basura se guardaba en su habitación hasta el día de la basura.

La bonne a jeté dans sa chambre tout ce dont elle n'avait pas besoin.

La criada arrojó todo lo que no necesitaba en su habitación.

Heureusement, il n'a vu que la main et l'objet.

Afortunadamente no vio más que la mano y el objeto.

Elle comptait probablement revenir chercher les affaires plus tard.

Probablemente tenía la intención de volver a buscar las cosas más tarde.

Ou peut-être voulait-elle tout jeter d'un coup.

O tal vez quería tirarlo todo de una vez.

Cependant, tout est resté là où il s'était initialement posé.

Sin embargo, todo permaneció donde había quedado al principio.

À moins que Gregor n'ait déplacé les débris en se faufilant à travers.

A menos que Gregor moviera la basura moviéndose a través de ella.

Au début, il a été obligé de ramper à travers tous les détritus.

Al principio se vio obligado a arrastrarse entre toda la basura.

Il lui était impossible d'éviter cela.

No tenía posibilidad de evitarlo.

Mais plus tard, il a finalement trouvé du plaisir dans cette activité.

Pero más tarde realmente encontró placer en esta actividad.

Bien que ces efforts l'aient laissé triste et profondément fatigué.

Aunque tal esfuerzo lo dejó triste y profundamente cansado.

Et ensuite, il est resté incapable de bouger pendant de nombreuses heures.

Y después no pudo moverse durante muchas horas.

Les locataires prenaient parfois leurs repas dans le salon.

Los inquilinos a veces comían en la sala de estar.

La porte du salon restait fermée ces soirs-là.

La puerta del salón permanecía cerrada esas noches.

Mais Gregor n'avait aucune difficulté à ne pas ouvrir la porte à présent.

Pero a Gregor no le resultó difícil no abrir la puerta.

Même lorsque la porte était ouverte, il ne regardait pas toujours dehors.

Incluso cuando la puerta estaba abierta, no siempre miraba hacia afuera.

Mais il s'allongea dans le coin le plus sombre de la pièce.

Pero él se acostó en el rincón más oscuro de la habitación.

La famille n'a pas non plus remarqué son manque d'attention.

La familia tampoco notó su falta de atención.

Mais une fois, la bonne a laissé la porte ouverte.

Pero hubo una vez que la criada dejó la puerta abierta.

La porte est restée ouverte même au retour des locataires.

La puerta permaneció abierta incluso cuando los inquilinos regresaron.

Et la porte était ouverte quand la lumière a été allumée.

Y la puerta estaba abierta cuando se encendió la luz.

L'homme était assis à la table où la famille dînait.

El hombre se sentó a la mesa donde la familia cenaba.

Autrefois, père, mère et Gregor étaient assis là.

Allí se sentaron en el pasado el padre, la madre y Gregor.

Ils déplièrent les serviettes et prirent des couteaux et des fourchettes.

Desplegaron las servilletas y cogieron cuchillos y tenedores.

La mère apparut sur le seuil avec un bol de viande.

La madre apareció en la puerta con un plato de carne.

Puis sa sœur est entrée avec un bol plein de pommes de terre.

Entonces la hermana entró con un cuenco lleno de patatas.

Les locataires se penchèrent sur les bols placés devant eux.

Los inquilinos se inclinaron sobre los cuencos colocados delante de ellos.

L'épaisse fumée des aliments leur montait jusqu'au nez.

El humo denso de la comida les llegaba hasta la nariz.

Mais ils n'avaient pas encore décidé s'ils allaient manger.

Pero aún no habían decidido si comerían la comida.

Peut-être renverraient-ils le plat en cuisine.

Quizás enviarían la comida de vuelta a la cocina.

L'homme assis au milieu semblait être l'autorité.

El hombre sentado en el medio parecía ser la autoridad.

Il a coupé la viande pour déterminer si elle était suffisamment tendre.

Cortó la carne para determinar si estaba lo suficientemente tierna.

Il était satisfait de l'odeur et de l'apparence des aliments.

Estaba satisfecho con el olor y el aspecto de la comida.

La mère et la sœur les observaient avec anxiété.

La madre y la hermana los observaban ansiosamente.

Et ils commencèrent à sourire, poussant un soupir de soulagement accumulé.

Y empezaron a sonreír con un suspiro de alivio.

La famille allait elle-même manger dans la cuisine.

La propia familia iba a comer en la cocina.

Mais avant cela, le père alla voir comment allaient les locataires.

Pero primero el padre fue a ver cómo estaban los inquilinos.

Il s'inclina une fois, tenant sa casquette de travail à la main.

Hizo una reverencia, sosteniendo en su mano su gorra de trabajo.

Et il fit le tour de la table, saluant chaque invité.

Y caminó en círculo alrededor de la mesa, hacia cada invitado.

Les locataires se levèrent tous en marmonnant dans leur barbe.

Todos los inquilinos se pusieron de pie y murmuraron algo entre dientes.

Après son départ, ils mangèrent dans un silence presque complet.

Después de que él se fue, comieron en un silencio casi absoluto.

Gregor trouvait étrange d'entendre des bruits de mastication.

A Gregor le pareció extraño que pudiera oír la masticación.

Aucun autre aspect du repas ne semblait produire le moindre son.

Ningún otro aspecto de la alimentación parecía emitir ningún sonido.

Mais il pouvait distinctement entendre des dents grincer.

Pero podía oír claramente el rechinar de los dientes.

Ils semblaient lui dire qu'il avait besoin de dents pour manger.

Parecían decirle que necesitaba dientes para comer.

« On ne peut rien faire si on n'a plus de dents dans la mâchoire. »

"No puedes hacer nada si tus mandíbulas no tienen dientes".

« J'aimerais manger quelque chose », dit Gregor avec anxiété.

"Me gustaría comer algo", dijo Gregor ansiosamente.

« Mais je n'ai aucun appétit pour ce que vous mangez tous. »

"Pero no tengo apetito para lo que están comiendo".

« Regardez ces locataires manger, et moi je meurs de faim. »

"Mira cómo comen estos huéspedes y yo aquí muriéndome de hambre".

Ce soir-là, Gregor pensait justement au violon.

Aquella noche Gregor pensó por casualidad en el violín.

Il n'avait plus entendu le violon depuis la transformation.

No había oído el violín desde la transformación.

Mais ce soir-là, un bruit est venu de la cuisine.

Pero entonces, esta noche, se oyó un ruido desde la cocina.

Les messieurs avaient déjà terminé leur repas du soir.

Los caballeros ya habían terminado su cena.

L'homme du milieu avait commencé à lire un journal.

El caballero del medio había comenzado a leer un periódico.

Il avait donné une feuille à chacun des deux autres messieurs.

Les había dado a los otros dos caballeros una hoja a cada uno.

Et maintenant, ils étaient affalés en arrière, en train de lire et de fumer.

Y ahora estaban recostados, leyendo y fumando.

Lorsque le violon commença à jouer, ils devinrent attentifs.

Cuando el violín empezó a sonar, se pusieron atentos.

Ils se levèrent et marchèrent sur la pointe des pieds jusqu'à la porte de l'antichambre.

Se levantaron y caminaron de puntillas hacia la puerta de la antesala.

Ils se tenaient là, blottis les uns contre les autres, écoutant à la porte.

Allí estaban, acurrucados juntos, escuchando desde la puerta.

La famille a dû entendre les hommes qui étaient dans la cuisine.

La familia debió haber escuchado a los hombres desde la cocina.

Car le père les appela et leur demanda :

Porque el padre los llamó y les preguntó;

« Le violon ne serait-il pas inconfortable pour ces messieurs ? »

¿Acaso el violín resulta incómodo para los caballeros?

« Si la musique ne vous plaît pas, on peut s'arrêter immédiatement. »

"Si no te gusta la música podemos parar inmediatamente."

« Au contraire », dit celui du milieu des messieurs.

"Al contrario", dijo el centro de los caballeros.

« La jeune fille aimerait-elle jouer du violon dans notre chambre ? »

"¿Le gustaría a la señorita tocar el violín en nuestra habitación?"

« C'est nettement plus confortable et chaleureux ici. »

"Definitivamente es mucho más cómodo y acogedor aquí".

Le père répondit comme s'il était lui-même le violoniste.

El padre respondió como si fuera el propio violinista.

« Oh, je vous en prie, ce serait merveilleux », s'écria le père.

"Oh, por favor, eso sería maravilloso", exclamó el padre.

Les messieurs retournèrent au salon et attendirent.

Los caballeros regresaron a la sala de estar y esperaron.

Peu après, le père entra dans la pièce avec le pupitre.

Pronto el padre entró en la habitación con el atril.

La mère entra dans la pièce avec le livre de musique.

La madre entró en la habitación con el libro de música.

Et la sœur entra dans la pièce avec le violon.

Y la hermana entró en la habitación con el violín.

Elle a calmement tout préparé pour jouer du violon.

Ella preparó todo con calma para tocar el violín.

Les parents exagéraient leur politesse et leurs bonnes manières.

Los padres exageraron su cortesía y modales.

Ils n'avaient jamais loué de chambres à des locataires auparavant.

Nunca antes habían alquilado habitaciones a huéspedes.

Et ils n'osaient même pas s'asseoir sur leurs propres chaises.

Y ni siquiera se atrevieron a sentarse en sus propias sillas.

Au lieu de s'asseoir, le père s'appuya contre la porte.

En lugar de sentarse, el padre se apoyó contra la puerta.

Sa main droite était coincée entre deux boutons de son manteau.

Su mano derecha estaba entre dos botones de su abrigo.

Un monsieur a toutefois offert une chaise à la mère.

Sin embargo, un caballero le ofreció una silla a la madre.

Mais elle s'assit là où le monsieur avait placé la chaise.

Pero ella se sentó donde el caballero había colocado la silla.

Et il n'avait pas placé la chaise à un endroit précis.

Y no había colocado la silla en ningún lugar determinado.

La mère s'assit donc à l'écart de tout le monde, dans un coin.

Así que la madre se sentó apartada de todos, en un rincón.

Et finalement, la sœur s'est mise à jouer du violon.

Y finalmente la hermana empezó a tocar el violín.

Les parents, placés de part et d'autre, suivaient attentivement.

Los padres, en lados opuestos, prestaron mucha atención.

Et ils observaient attentivement chacun des mouvements de sa main.

Y observaban atentamente cada movimiento de su mano.

Gregor était également attiré par le jeu du violon.

Gregor también se sentía atraído por la interpretación del violín.

Et il s'aventura un peu plus loin hors de sa chambre.

Y se aventuró a salir de su habitación un poco más lejos.

Il avait déjà la tête dans le salon.

Él ya estaba con la cabeza dentro de la sala.

Il était très fier d'être très attentionné.

Solía enorgullecerse de ser muy considerado.

Mais récemment, il ne remettait guère en question son manque d'attention.

Pero últimamente casi no cuestiona su falta de cuidado.

Même s'il avait maintenant plus de raisons de se cacher qu'auparavant.

Aunque ahora tenía más motivos para esconderse que antes.

Parce que sa chambre était recouverte de poussière et de saletés diverses.

Porque su habitación estaba cubierta de polvo y suciedad diversa.

Le moindre mouvement soulevait toutes sortes d'immondices.

El más leve movimiento levantaba todo tipo de suciedad.

Toute cette saleté lui collait à la peau : poussière, cheveux, restes de nourriture.

Toda esa suciedad se le pegó: polvo, pelo, restos de comida.

Il aurait pu frotter la saleté contre le tapis.

Podría haber frotado la suciedad contra la alfombra.

C'était quelque chose qu'il faisait plusieurs fois par jour.

Esto era algo que solía hacer varias veces al día.

Mais son indifférence à tout était bien trop grande.

Pero su indiferencia hacia todo era demasiado grande.

Il n'avait donc pas peur d'aller un peu plus loin.

Así que no tuvo miedo de avanzar un poco más.

Et il s'est installé sur le sol impeccable du salon.

Y se trasladó al inmaculado suelo de la sala de estar.

Cependant, personne ne l'a remarqué, ni ne lui a prêté attention.

Sin embargo, nadie se dio cuenta ni le prestó atención.

La famille était complètement absorbée par le concert.

La familia estaba completamente absorta en el concierto.

Les messieurs, quant à eux, ont d'abord battu en retraite.

Los caballeros, por el contrario, inicialmente se retiraron.

Et ils se tenaient tout près, derrière le pupitre de la sœur.

Y se quedaron cerca, detrás del atril de la hermana.

S'ils avaient regardé, ils auraient pu voir les notes de musique.

Si hubieran mirado habrían podido ver las notas musicales.

Cela aurait évidemment perturbé la sœur.

Esto, por supuesto, habría perturbado a la hermana.

Alors, au lieu de s'asseoir, ils restèrent debout près de la fenêtre.

Luego se quedaron de pie junto a la ventana, en lugar de sentarse.

Les mains dans les poches, ils continuaient à parler.

Con las manos en los bolsillos seguían hablando.

Ils restèrent là tandis que le père les observait avec anxiété.

Permanecieron allí mientras el padre observaba ansiosamente.

On avait l'impression qu'ils avaient d'autres attentes.

Uno tenía la impresión de que tenían otras expectativas.

Et il semblait vraiment qu'ils avaient été déçus.

Y realmente parecía como si se hubieran decepcionado.

Il semblait qu'ils en avaient assez du spectacle.

Parecía que ya estaban hartos de la actuación.

Ils avaient laissé le violon troubler leur tranquillité.

Habían permitido que el violín perturbara su paz.

Et ils ne toléraient la musique que par politesse.

Y sólo toleraban la música por cortesía.

La façon dont ils ont dissipé la fumée était particulièrement troublante.

Lo que más me desconcertó fue cómo expulsaron el humo.

Et pourtant, elle jouait du violon avec une telle beauté.

Y aún así, tocaba el violín maravillosamente.

Son visage était légèrement incliné sur le côté, sur le violon.

Su rostro estaba inclinado suavemente hacia un lado, sobre el violín.

Son regard parcourait tristement les lignes de la musique.

Sus ojos buscaban con tristeza las líneas musicales.

Gregor se sentait un peu plus attiré par le salon.

Gregor se sintió atraído un poco más hacia la sala de estar.

Il gardait la tête près du sol, mais regardait vers le haut.

Mantuvo la cabeza cerca del suelo, pero miró hacia arriba.

Peut-être que de cette façon, le regard de sa sœur croiserait le sien.

Tal vez de esta manera la mirada de su hermana podría encontrarse con la suya.

Peut-on vraiment dire qu'il n'était qu'un animal ?

¿Puede realmente decirse que era sólo un animal?

Était-il un animal si la musique pouvait le captiver à ce point ?

¿Era un animal si la música podía cautivarlo tanto?

Il avait l'impression qu'on lui montrait un chemin vers une nourriture inconnue.

Sintió como si le mostraran un camino hacia una alimentación desconocida.

C'était peut-être là le réconfort qui lui manquait.

Quizás éste era el sustento que le faltaba.

Il était déterminé à rejoindre sa sœur.

Estaba decidido a dirigirse hacia su hermana.

Il avait envie de tirer sur sa jupe pour attirer son attention.

Quería tirar de su falda para llamar su atención.

Il voulait lui faire comprendre qu'il l'invitait.

Quería darle una indicación de una invitación.

« Viens jouer du violon dans ma chambre », aurait-il voulu dire.

"Ven a tocar el violín en mi habitación", quiso decir.

Il souhaitait qu'elle soit récompensée pour sa magnifique musique.

Él quería que ella fuera recompensada por su hermosa música.

« Personne ici ne te récompense pour jouer du violon. »

"Aquí nadie te recompensa por tocar el violín".

Il ne voulait plus la laisser sortir de sa chambre.

Él ya no quería dejarla salir de su habitación.

Il voulait qu'elle reste avec lui aussi longtemps qu'il vivrait.

Él quería que ella permaneciera con él mientras viviera.

Pour la première fois, sa transformation eut un avantage.

Por primera vez su transformación tuvo un beneficio.

Sa difformité allait enfin lui être utile.

Su deformidad finalmente iba a serle útil.

Il voulait être présent simultanément aux quatre portes.

Quería estar en las cuatro puertas simultáneamente.

Il avait envie de les siffler et de leur cracher dessus de tous les côtés.

Quería silbarles y escupirles desde todos los ángulos.

Sa sœur ne devrait pas être forcée de rester avec lui.

Su hermana no debería verse obligada a quedarse con él.

Il voulait qu'elle choisisse volontairement de rester avec lui.

Él quería que ella eligiera quedarse con él voluntariamente.

Elle allait s'asseoir à côté de lui et se pencher vers lui.

Ella iba a sentarse a su lado e inclinarse hacia él.

Et il allait lui parler de l'école de musique.

Y le iba a contar sobre la escuela de música.

Il avait la ferme intention de l'envoyer à l'académie.

Tenía la firme intención de enviarla a la academia.

Il en aurait parlé à tout le monde à Noël dernier.

Se lo habría contado a todo el mundo la pasada Navidad.

Noël était-il déjà passé ?

¿Ya había llegado y pasado realmente la Navidad?

Et il n'aurait laissé personne le dissuader.

Y no habría dejado que nadie le disuadiera de ello.

Mais un accident malheureux a tout arrêté.

Pero entonces el desafortunado accidente lo detuvo todo.

La sœur aurait été submergée par l'émotion.

La hermana se habría sentido abrumada por la emoción.

Et Gregor aurait alors grimpé jusqu'à son épaule.

Y entonces Gregor se habría subido hasta su hombro.

Et il l'aurait réconfortée en l'embrassant dans le cou.

Y la habría consolado besándole el cuello.

« Monsieur Samsa ! » appela l'homme au milieu au père.

—¡Señor Samsa! —gritó el hombre del medio al padre.

Il pointait Gregor du doigt.

Señalaba con su dedo índice hacia Gregor.

Gregor traversait lentement le salon.

Gregor se movía lentamente por el suelo de la sala de estar.

Le jeu du violon s'est très vite tu.

El sonido del violín se silenció muy rápidamente.

Celui du milieu sourit à ses amis.

El del medio de los tres hombres sonrió a sus amigos.

Puis il secoua la tête et regarda Gregor.

Luego meneó la cabeza y volvió a mirar a Gregor.

Le père aurait pu forcer Gregor à retourner dans sa chambre.

El padre podría haber obligado a Gregor a regresar a su habitación.

Mais ce n'était pas la première action qu'il décida d'entreprendre.

Pero esa no fue la primera acción que decidió tomar.

Il estimait qu'il était plus important de calmer ces messieurs.

Pensó que era más importante calmar a los caballeros.

Bien qu'ils ne fussent pas vraiment contrariés par Gregor.

Aunque en realidad no estaban molestos en absoluto por Gregor.

Gregor semblait plus divertissant que le jeu de violon.

Gregor parecía más entretenido que tocar el violín.

Il s'est précipité vers eux, les bras tendus.

Corrió hacia ellos con los brazos extendidos.

Il faisait de son mieux pour leur cacher la vue de Gregor.

Estaba intentando hacer lo mejor que podía para ocultar su visión de Gregor.

Et il a essayé de les faire retourner dans leur chambre.

Y trató de animarlos a regresar a su habitación.

Au contraire, cela les a un peu agacés.

En realidad, esto los hizo enfadar un poco.

Mais il était difficile de dire exactement ce qui les agaçait.

Pero era difícil decir exactamente qué les molestaba.

Le père gâchait le divertissement de la soirée.

El padre estaba arruinando la diversión de la noche.

Mais ils venaient aussi d'apprendre l'existence de leur nouveau colocataire.

Pero también acababan de enterarse de su nuevo compañero de piso.

Ils levèrent les mains comme l'avait fait leur père.

Levantaron las manos tal como lo había hecho el padre.

Ils ont exigé une explication immédiate du père.

Exigieron una explicación inmediata al padre.
Ils tiraient nerveusement sur leur barbe, cherchant une réponse.
Se tiraron inquietos de la barba esperando una respuesta.
Et ils reculèrent jusqu'à leur chambre, mais très lentement.
Y retrocedieron hasta su habitación, pero muy lentamente.
L'interruption avait plongé la sœur dans une sorte de transe.
La interrupción había dejado a la hermana en trance.
Elle laissa pendre le violon et l'archet le long de son corps.
Dejó que el violín y el arco colgaran a su lado.
Et elle regarda la partition comme si elle jouait encore.
Y ella miraba la partitura como si todavía estuviera tocando.
Mais soudain, elle est revenue dans la pièce.
Pero de repente ella regresó a la habitación.
Et elle avait désormais surmonté le sentiment d'être perdue.
Y ahora había superado el sentimiento de estar perdida.
Elle a posé l'instrument de musique sur les genoux de sa mère.
Ella colocó el instrumento musical en el regazo de su madre.
La mère était assise sur la chaise, respirant bruyamment.
La madre estaba sentada en la silla, respirando con dificultad.
Et puis la sœur a dû courir dans la pièce voisine.
Y entonces la hermana tuvo que correr a la habitación de al lado.
Elle devait tout préparer pour les messieurs.
Tenía que dejar todo listo para los caballeros.
Elle a jeté les couvertures et les coussins en l'air.
Ella arrojó las mantas y los cojines al aire.
Et de ses mains expertes, elle a disposé toute la literie.
Y con sus manos expertas dispuso toda la ropa de cama.
Elle avait terminé avant que les messieurs n'atteignent la pièce.
Terminó antes de que los caballeros llegaran a la habitación.
Et elle s'est éclipsée avant de les gêner.
Y ella se escabulló antes de interponerse en su camino.
Le père semblait prisonnier de son propre entêtement.
El padre parecía estar dominado por su propia terquedad.

Et il oublia ainsi tout le respect qu'il devait à ses locataires.
Y así olvidó todo respeto que debía a sus inquilinos.
Il a insisté sans relâche jusqu'à ce que leur porte-parole s'y oppose.
Empujó y empujó hasta que su portavoz se opuso.
Il a tapé du pied avec colère en arrivant à la porte.
Al llegar a la puerta, dio una patada furiosa.
Et c'est ainsi qu'il immobilisa le père.
Y con esto logró detener al padre.
« Par la présente, je déclare », commença-t-il en s'adressant à son propriétaire.
"Por la presente declaro", comenzó dirigiéndose a su propietario.
Et il leva la main, regardant toute la famille.
Y levantó la mano, mirando a toda la familia.
« En ce qui concerne l'état répugnant de la chambre ; »
"En cuanto a las repugnantes condiciones de la habitación;"
Et il s'assurait que tous écoutaient ses paroles.
Y se aseguró de que todos escucharan sus palabras.
« Par la présente, je vous informe que je vais libérer ma chambre. »
"Por la presente, le comunico que desocuparé mi habitación".
Et il a appuyé son propos en crachant par terre.
Y reiteró su punto escupiendo en el suelo.
« Je ne paierai pas non plus pour les jours que j'ai passés ici. »
"Tampoco pagaré por los días que he vivido aquí."
Il n'était cependant pas entièrement satisfait de ce remboursement.
Sin embargo, no estaba completamente satisfecho con este reembolso.
« Et j'envisagerai de formuler d'autres demandes à votre encontre. »
"Y consideraré hacer otras demandas contra usted."
« Croyez-moi, de telles demandes seront très faciles à justifier. »
Créeme, tales exigencias serán muy fáciles de justificar.

Il resta silencieux et regarda droit devant lui, vers son père.

Él permaneció en silencio y miró directamente al padre.

Il semblait s'attendre à ce qu'il se passe quelque chose de plus.

Parecía estar esperando que sucediera algo más.

En fait, ses deux amis ont immédiatement eu la même idée.

De hecho, sus dos amigos inmediatamente tuvieron la misma idea.

« Nous annulons également nos réservations de chambres », ont-ils déclaré à l'unisson.

"También estamos cancelando nuestras habitaciones", dijeron al unísono.

Il a alors saisi la poignée de la porte et l'a fermée.

Luego agarró la manija de la puerta y cerró la puerta.

Et dans un grand fracas, ils s'enfermèrent dans leur chambre.

Y con un fuerte estruendo se encerraron en su habitación.

Le père s'est dirigé en titubant vers sa chaise, les mains tâtonnantes.

El padre se tambaleó hasta su silla con manos torpes.

Et il se laissa tomber sur la chaise, vaincu.

Y se dejó caer en la silla, derrotado.

On aurait dit qu'il allait faire sa sieste habituelle du soir.

Parecía como si fuera a echar su siesta vespertina habitual.

Mais sa tête hocha presque comme si elle n'était pas soutenue.

Pero su cabeza asintió casi como si no tuviera apoyo.

Et on pouvait voir qu'il ne dormait pas du tout.

Y se podía ver que no estaba durmiendo en absoluto.

Durant tout ce temps, Gregor n'avait pas bougé de sa place.

Durante todo este tiempo Gregor no se había movido de su sitio.

Il était toujours là où les messieurs l'avaient aperçu pour la première fois.

Todavía estaba donde los caballeros lo habían visto por primera vez.

Même s'il avait voulu déménager, il trouvait cela impossible.

Incluso si hubiera querido moverse, le resultó imposible.

À cause de sa déception, ou à cause de sa faim.

Por su decepción, o por su hambre.

Il était déçu par l'échec de son plan.

Estaba decepcionado por el fracaso de su plan.

Et il était affaibli par la faim persistante qu'il ressentait.

Y estaba débil por el hambre prolongada que sentía.

Il était certain que tout le monde se retournerait contre lui à tout moment.

Estaba seguro de que en cualquier momento todos se volverían contra él.

C'est avec cette certitude d'un effondrement imminent qu'il attendit.

Con esta expectativa de colapso inminente, esperó.

Le violon commença à glisser des genoux de sa mère.

El violín empezó a deslizarse del regazo de la madre.

Dans un fracas retentissant, le violon tomba au sol.

Con un sonido resonante el violín cayó al suelo.

Mais même ce bruit soudain et fracassant ne l'a pas surpris.

Pero ni siquiera ese repentino ruido estrepitoso lo sobresaltó.

« Chers parents, dit la sœur, cela ne peut pas continuer. »

«Queridos padres», dijo la hermana, «esto no puede continuar».

Et elle a frappé du poing sur la table pour appuyer ses propos.

Y golpeó la mesa con la mano para dejar claro su punto.

« Je ne prononcerai pas le nom de mon frère devant ce monstre. »

"No diré el nombre de mi hermano delante de este monstruo".

« C'est pourquoi je le dis aussi crûment que possible : »

"Por eso lo digo lo más claramente posible:"

«Nous n'avons pas d'autre choix que de nous débarrasser de cet animal.»

"No tenemos otra opción que deshacernos de este animal".

« Nous avons fait de notre mieux pour tolérer et prendre soin de cet animal. »

"Hicimos lo mejor que pudimos para tolerar y cuidar a este animal".

« Je ne pense pas que quiconque puisse nous blâmer, même légèrement. »

"No creo que nadie pueda culparnos en lo más mínimo".

« Elle a mille fois raison », a acquiescé le père.

"Tiene mil veces razón", asintió el padre.

La mère n'avait pas encore complètement repris son souffle.

La madre aún no había recuperado del todo el aliento.

Elle se mit à tousser sourdement dans sa main, la respiration lourde.

Ella empezó a toser sordamente en su mano, respirando con dificultad.

Et une expression de folie commença à apparaître dans ses yeux.

Y una expresión de locura comenzó a surgir en sus ojos.

La sœur s'est précipitée vers sa mère et lui a pris le front.

La hermana corrió hacia su madre y le sujetó la frente.

Les paroles de la sœur semblaient inspirer le père.

El padre pareció inspirarse en las palabras de la hermana.

Et ses pensées semblaient plus claires qu'auparavant.

Y sus pensamientos parecían ser más claros que antes.

Il cessa d'acquiescer et se redressa.

Dejó de asentir con la cabeza y volvió a sentarse derecho.

Et il jouait avec la casquette de son serviteur, plongé dans ses pensées.

Y jugaba con la gorra de sirviente, sumido en sus pensamientos.

Les assiettes des locataires étaient encore sur la table.

Los platos de los inquilinos todavía estaban sobre la mesa.

Et il regardait parfois vers Gregor, qui restait silencieux.

Y a veces miraba hacia el silencioso Gregor.

« Nous devons essayer de nous en débarrasser », lui dit sa sœur.

"Tenemos que intentar deshacernos de él", le dijo la hermana.

La mère était trop occupée à tousser pour écouter.

La madre estaba demasiado ocupada tosiendo como para escuchar.

« Ça va vous tuer tous les deux, je le vois déjà venir. »

"Los matará a ambos, ya lo veo venir."

«Nous ne pouvons pas tous continuer à travailler aussi dur que nous le faisons.»

"No podemos seguir trabajando tan duro como lo hacemos todos."

« Et chaque jour, nous devons rentrer chez nous et subir ce supplice. »

"Y cada día tenemos que volver a casa y encontrarnos con esta tortura."

« Nous n'en pouvons plus. Je n'en peux plus. »

"No podemos soportarlo más. No puedo soportarlo."

Elle s'est effondrée dans les bras de sa mère, en larmes une dernière fois.

Ella cayó ante su madre en un último estallido de lágrimas.

Les larmes coulèrent sur son visage et sur celui de sa mère.

Las lágrimas cayeron por su rostro y sobre el de su madre.

Et elle essuya ses larmes d'un geste machinal.

Y se secó las lágrimas con un movimiento mecánico.

« Mon enfant », dit le père d'une voix compatissante.

"Hijo mío", dijo el padre con voz compasiva.

Il y avait une profonde sympathie et une grande compréhension dans sa voix.

Había profunda simpatía y comprensión en su voz.

« Mais que devons-nous faire ? » avoua-t-il ne pas savoir.

«Pero ¿qué debemos hacer?», confesó no saberlo.

La sœur haussa simplement les épaules, impuissante.

La hermana simplemente se encogió de hombros con impotencia.

Et sa confiance d'antan fit de nouveau place aux larmes.

Y su confianza anterior fue reemplazada nuevamente por lágrimas.

« Si seulement il nous comprenait », dit le père à voix haute.

«Si nos entendiera», dijo el padre en voz alta.

Et il se demandait à moitié si Gregor avait compris.

Y se preguntó si tal vez Gregor entendía.

La sœur lui a secoué la main violemment en pleurant.

La hermana simplemente sacudió su mano violentamente mientras lloraba.

Elle a donc indiqué qu'il ne fallait pas envisager cette idée.

Y entonces ella señaló que no se debía pensar en esa idea.

« Mais si seulement il nous comprenait », répéta le père.

«¡Si nos comprendiera!», repitió el padre.

Les yeux fermés, il réfléchit à la réponse de sa sœur.

Cerrando los ojos consideró la respuesta de la hermana.

« S'il comprenait qu'un accord pouvait être conclu avec lui. »

"Si lo entendiera se podría llegar a un acuerdo con él."

« Mais vu la situation actuelle... »

"Pero estando las cosas como están..."

«Il faut l'enlever,» s'écria la sœur, «c'est la seule solution.»

"Tiene que irse", gritó la hermana, "es la única manera".

«Il faut vous débarrasser de l'idée que c'est Gregor.»

"Tienes que deshacerte de la idea de que es Gregor".

« Notre véritable malheur, c'est d'y avoir cru si longtemps. »

"Que lo hayamos creído durante tanto tiempo es nuestra verdadera desgracia."

« Mais comment est-ce possible que ce soit Gregor ? » demanda-t-elle à son père.

«¿Pero cómo puede ser Gregor?», le preguntó a su padre.

« Il savait qu'un tel animal ne pouvait pas coexister avec les humains. »

"Sabía que un animal así no podía coexistir con los humanos".

« Gregor nous aurait quittés depuis longtemps, volontairement. »

Gregor nos habría abandonado hace mucho tiempo, voluntariamente.

« C'est vrai, nous n'aurions alors plus de frère. »

"Es cierto, entonces no tendríamos ningún hermano."

« Mais nous pourrions continuer à vivre et à honorer sa mémoire. »

"Pero podríamos seguir viviendo y honrar su memoria".

« Mais cette bête nous poursuit et chasse nos locataires. »

"Pero esta bestia nos persigue y ahuyenta a nuestros labradores."

« De toute évidence, il veut s'emparer de tout l'appartement. »

"Es evidente que quiere apoderarse de todo el apartamento".

« Cette bête veut nous faire dormir dans la rue. »

"Esta bestia quiere hacernos dormir en la calle."

« Regarde, papa, » s'écria-t-elle soudain, « il bouge à nouveau ! »

«Mira, padre», gritó de repente, «¡se mueve otra vez!»

Et elle fit quelque chose que même Gregor ne put comprendre.

E hizo algo que ni siquiera Gregor pudo entender.

Elle se repoussa, comme pour sacrifier sa mère.

Ella se apartó, como sacrificando a la madre.

Et elle a couru derrière son père pour trouver une sorte de sécurité.

Y ella corrió detrás de su padre buscando algún tipo de seguridad.

Le père n'était agité que parce que sa fille l'était.

El padre estaba agitado únicamente porque su hija lo estaba.

Mais lui aussi se leva et leva les bras au-dessus d'elle.

Pero entonces él también se levantó y levantó los brazos sobre ella.

Mais Gregor n'avait aucune intention d'effrayer qui que ce soit.

Pero Gregor no tenía intención de asustar a nadie.

Il n'avait surtout aucune intention d'effrayer sa sœur.

Sobre todo no pensó en asustar a su hermana.

Il essayait simplement de faire demi-tour pour retourner dans sa chambre.

Él sólo estaba intentando regresar a su habitación.

Mais, compte tenu de l'aggravation de son état, même cela devenait difficile.

Pero dado que su estado estaba empeorando, incluso esto era difícil.

Et il ne pouvait plus se servir pleinement de ses jambes.

Y ya no tenía pleno uso de todas sus piernas.

Il utilisa donc sa tête pour soulever son corps et se retourner.

Entonces usó su cabeza para levantar su cuerpo y girar.

Il marqua une pause et chercha l'approbation de sa famille du regard.

Hizo una pausa y miró a su alrededor esperando la aprobación de la familia.

Il semble que sa bonne intention ait été reconnue.

Su buena intención parecía haber sido reconocida.

Son mouvement ne leur avait procuré qu'un choc momentané.

Su movimiento sólo había sido un shock momentáneo para ellos.

À présent, ils le regardaient tous en silence, visiblement malheureux.

Ahora todos lo miraban en un silencio infeliz.

La mère était toujours allongée dans le fauteuil, épuisée.

La madre seguía tumbada en el sillón, exhausta.

Le père et la sœur étaient assis l'un à côté de l'autre.

El padre y la hermana estaban sentados uno al lado del otro.

« Peut-être qu'ils me laisseront faire demi-tour maintenant », pensa Gregor.

«Quizás ahora me dejen dar la vuelta», pensó Gregor.

Et il continua à effectuer son mouvement de rotation maladroit.

Y continuó haciendo su torpe movimiento de giro.

Il ne pouvait réprimer les halètements occasionnels dus à l'effort.

No podía reprimir los jadeos ocasionales de esfuerzo.

Et il a été contraint de se reposer à plusieurs reprises entre-temps.

Y se vio obligado a descansar un par de veces entre uno y otro.

Plus personne ne le pressait ; c'était à lui de décider.

Ya nadie le obligaba a apresurarse; la decisión estaba en sus manos.

Finalement, il acheva ce virage lent et douloureux.

Al final completó el giro lento y doloroso.

Il se dirigea aussitôt vers sa chambre.

Inmediatamente comenzó a caminar directamente de regreso a su habitación.

Il était stupéfait de la distance qui le séparait de sa chambre.

Se sorprendió de lo lejos que estaba de su habitación.

Comment, malgré sa faiblesse, avait-il réussi à y parvenir auparavant ?

¿Cómo, a pesar de su debilidad, había llegado allí antes?

Il avait emprunté presque le même chemin sans s'en apercevoir.

Había recorrido casi el mismo camino sin darse cuenta.

Il se concentrait simplement sur le fait de ramper aussi vite qu'il le pouvait.

Ahora él sólo se concentró en gatear tan rápido como podía.

L'absence de commentaires ne le dérangeait pas.

La falta de comentarios por parte de alguien no le inquietó.

Ce n'est que lorsqu'il fut déjà à l'intérieur qu'il tourna la tête.

Sólo cuando ya estaba en la puerta giró la cabeza.

Mais il n'a pas pu se retourner complètement.

Pero no pudo darse la vuelta para mirar hacia atrás por completo.

Car il sentit sa nuque se raidir encore davantage en se tournant.

Porque sintió que su cuello se ponía aún más rígido al girarse.

Mais il constata que rien n'avait changé derrière lui.

Pero vio que de todas formas nada había cambiado detrás de él.

La seule différence, c'est que sa sœur s'était levée.

La única diferencia fue que su hermana se puso de pie.

Son dernier regard lui montra que sa mère s'était endormie.

Su última mirada mostró que su madre se había quedado dormida.

Dès qu'il fut entré dans sa chambre, la porte fut fermée.

Tan pronto como estuvo dentro de su habitación la puerta se cerró.

Et dès que la porte fut fermée, le verrouilla.

Y tan pronto como la puerta se cerró, el cerrojo quedó bloqueado.

Gregor fut effrayé par le bruit inattendu derrière lui.

Gregor se asustó por el ruido inesperado que se oía detrás.

Et ses jambes fléchirent sous lui, surprises par la soudaineté.

Y sus piernas se doblaron bajo él por la repentina sorpresa.

C'est sa sœur qui s'était précipitée vers la porte derrière lui.

Fue la hermana quien corrió hacia la puerta detrás de él.

Elle s'était déjà dressée, et l'attendait.

Ella ya se encontraba allí de pie, esperándolo.

Elle fit alors un petit saut en avant sans que Gregor ne l'entende.

Luego saltó hacia delante ligeramente sin que Gregor la oyera.

« Enfin ! » s'écria-t-elle en tournant la clé.

"¡Por fin!" gritó en voz alta mientras giraba la llave.

« Et maintenant ? » se demanda Gregor, seul dans l'obscurité.

"¿Y ahora qué?", se preguntó Gregor, solo en la oscuridad.

Il s'aperçut bientôt qu'il ne pouvait plus bouger du tout.

Pronto descubrió que ya no podía moverse en absoluto.

Mais son immobilité ne le surprenait pas vraiment.

Pero no le sorprendió realmente su inmovilidad.

Pouvoir se déplacer sur des jambes aussi fines semblait ridicule.

Poder moverse con piernas tan delgadas parecía ridículo.

Il ne savait pas comment il avait pu y parvenir.

No sabía cómo había sido capaz de hacerlo.

Mais à part ça, il se sentait relativement à l'aise.

Pero aparte de eso se sentía relativamente cómodo.

Il est vrai qu'il ressentait une douleur intense dans tout le corps.

Es cierto que sentía un dolor profundo en todo el cuerpo.

Mais la douleur semblait s'atténuer de plus en plus.

Pero el dolor parecía hacerse cada vez más débil.

Et il avait l'impression que la douleur finirait par disparaître.

Y sintió que el dolor eventualmente desaparecería.

Il sentait à peine la pomme pourrie dans son dos.
Ya casi no sentía la manzana podrida en su espalda.
Il repensa à sa famille avec émotion et amour.
Pensó en su familia con emoción y amor.
**Il ressentait les émotions de sa sœur encore plus
intensément qu'elle.**
Sintió las emociones de su hermana incluso más que ella
misma.
Elle avait raison ; il devait partir.
Ella tenía razón en lo que había dicho: él tenía que irse.
Il passa quelque temps dans cet état désert et paisible.
Pasó algún tiempo en ese estado vacío y pacífico.
L'horloge sonna trois fois, doucement mais fermement.
El reloj dio tres veces, silenciosamente, pero con firmeza.
Gregor fut doucement tiré de ses pensées.
Gregor fue sacado suavemente de sus meditaciones.
**Il regarda la lumière du matin pénétrer lentement dans sa
chambre.**
Observó cómo la luz de la mañana entraba lentamente en su
habitación.
Puis sa tête s'affaissa complètement, malgré lui.
Entonces su cabeza se hundió por completo, sin su voluntad.
Et son dernier souffle s'échappa faiblement de ses narines.
Y su último aliento fluyó débilmente de su nariz.

**La femme de chambre est entrée dans sa chambre tôt le
matin.**
La criada entró en su habitación temprano en la mañana.
**Elle n'a rien trouvé d'inhabituel lors de sa courte visite
habituelle.**
No encontró nada inusual durante su corta visita habitual.
**À bout de forces et dans la précipitation, elle claqua toutes
les portes.**
Con fuerza y prisa cerró de golpe todas las puertas.
**Il était impossible de dormir paisiblement dans tout
l'appartement.**
No fue posible dormir tranquilo en todo el apartamento.

On lui avait demandé d'éviter de faire cela le matin.
Le habían pedido que evitara hacer esto por la mañana.
Elle pensait qu'il restait allongé là, immobile, exprès.
Ella pensó que él yacía allí inmóvil a propósito.
Peut-être voulait-il lui montrer qu'il était offensé.
Quizás quería demostrarle que estaba ofendido.
Elle lui faisait confiance et pensait qu'il était doté d'une intelligence hors du commun.
Ella confiaba en que él tenía todo tipo de inteligencia.
Il se trouve qu'elle tenait le long balai à la main.
Ella sostenía por casualidad la escoba larga en su mano.
Alors, depuis la porte, elle essaya de chatouiller un peu Gregor.
Entonces, desde la puerta, intentó hacerle un poco de cosquillas a Gregor.
Elle était un peu agacée qu'il ne réponde pas du tout.
Ella estaba un poco molesta porque él no respondió en absoluto.
Alors cette fois, elle le poussa un peu plus fermement.
Así que esta vez lo empujó un poco más firmemente.
Comme il n'opposait aucune résistance, elle l'examina de plus près.
Cuando él no ofreció resistencia, ella lo miró más de cerca.
Elle comprit rapidement ce qui était réellement arrivé à Gregor.
Pronto se dio cuenta de lo que realmente le había sucedido a Gregor.
Elle ouvrit davantage les yeux et siffla pour elle-même.
Abrió más los ojos y silbó para sí misma.
Mais elle n'a pas tardé à ouvrir la porte.
Pero no perdió mucho tiempo antes de abrir la puerta.
Et elle cria d'une voix forte dans l'obscurité :
Y clamó a gran voz en la oscuridad:
«Viens voir, il est là, complètement mort.»
"Ven a echarle un vistazo, ahí está, completamente muerto."
Les deux parents étaient assis bien droits dans leur lit conjugal.

Los dos padres estaban sentados erguidos en el lecho conyugal.

Il leur fallait d'abord surmonter le choc du bruit.

Primero tuvieron que superar el impacto del ruido.

Mais peu à peu, ils ont commencé à comprendre son message.

Pero poco a poco empezaron a comprender su mensaje.

Monsieur et Madame Samsa ont chacun sauté de leur côté du lit.

El señor y la señora Samsa saltaron cada uno de su lado de la cama.

M. Samsa jeta l'épaisse couverture sur ses épaules.

El señor Samsa se echó la gruesa manta sobre los hombros.

Et Mme Samsa sortit vêtue uniquement de sa chemise de nuit.

Y la señora Samsa salió sin nada más que su camisón.

C'est ainsi qu'ils entrèrent dans la chambre de Gregor.

Y así entraron en la habitación de Gregor.

Entre-temps, la porte du salon s'était également ouverte.

Mientras tanto, la puerta de la sala de estar también se había abierto.

Grete y dormait depuis l'emménagement des locataires.

Grete había dormido allí desde que los inquilinos se mudaron.

Elle était entièrement habillée comme si elle n'avait pas dormi du tout.

Estaba completamente vestida como si no hubiera dormido en absoluto.

Son visage pâle semblait également témoigner de son manque de sommeil.

Su rostro pálido también parecía demostrar su falta de sueño.

« Il est mort ? » demanda Mme Samsa en regardant la bonne.

"¿Está muerto?" preguntó la señora Samsa, mirando a la criada.

Elle aurait pu le confirmer en le regardant elle-même.

Ella podría haberlo confirmado mirándolo ella misma.

« Je le crois », dit la bonne en ramassant le balai.

"Creo que sí", dijo la criada cogiendo la escoba.

**Et elle a poussé son corps sur une longue distance à travers
le sol.**

Y ella empujó su cuerpo muy lejos por el suelo.

**Mme Samsa fit un mouvement comme si elle voulait
l'arrêter.**

La señora Samsa hizo un movimiento como si quisiera
detenerla.

Mais finalement, elle a laissé la bonne faire glisser Gregor.

Pero al final dejó que la criada llevara a Gregor de un lado a
otro.

**« Eh bien, » dit M. Samsa, « enfin nous pouvons remercier
Dieu. »**

—Bueno —dijo el señor Samsa—, por fin podemos dar gracias
a Dios.

Il fit le signe de croix : tête, poitrine, épaules.

Hizo la señal de la cruz; cabeza, pecho, hombros.

Et les trois femmes suivirent son exemple religieux.

Y las tres mujeres siguieron su ejemplo religioso.

Grete, qui ne quittait pas le cadavre des yeux, dit :

Grete, que no apartaba la vista del cadáver, dijo:

**«Regardez comme il est maigre, il n'a pas mangé depuis si
longtemps.»**

"Mira qué delgado estaba, hacía tanto tiempo que no comía."

**« La nourriture que je lui laissais chaque matin restait
toujours intacte. »**

"La comida que le dejaba cada mañana siempre estaba
intacta."

En fait, le corps de Gregor était complètement plat et sec.

De hecho, el cuerpo de Gregor estaba completamente plano y
seco.

C'était plus visible maintenant qu'il était au sol.

Esto era más visible ahora que estaba en el suelo.

Parce que son corps n'était plus soutenu par ses jambes.

Porque su cuerpo ya no era levantado por sus piernas.

Et parce que rien d'autre ne venait distraire la vue.

Y porque no había nada más que distrajera la vista.

«Viens avec nous un moment, Grete», dit Mme Samsa.

—Ven un rato con nosotros, Grete —dijo la señora Samsa.

Un sourire douloureux se dessinait sur ses lèvres lorsqu'elle parlait.

Había una sonrisa dolorosa en sus labios mientras hablaba.

Grete les suivit, mais jeta aussi un coup d'œil en arrière au cadavre.

Grete los siguió, pero también miró hacia el cadáver.

La bonne ferma la porte et ouvrit grand la fenêtre.

La criada cerró la puerta y abrió completamente la ventana.

Il était encore tôt, l'air était donc normalement froid.

Todavía era temprano, por lo que normalmente el aire estaría frío.

Mais il y avait aussi un mélange de chaleur dans l'air froid.

Pero también había una mezcla de calidez en el aire frío.

Comme un doux rappel que c'était désormais la fin du mois de mars.

Como un suave recordatorio de que ya era finales de marzo.

Les trois locataires sortirent alors eux aussi de leur chambre.

Los tres inquilinos ahora también salieron de su habitación.

Ils cherchèrent leur petit-déjeuner avec étonnement.

Miraron a su alrededor con asombro en busca de su desayuno.

Le petit-déjeuner a été oublié à cause de ce que la femme de chambre a trouvé.

El desayuno fue olvidado por lo que encontró la criada.

« Où est le petit-déjeuner ? » grommela l'homme du milieu.

"¿Dónde está el desayuno?" se quejó el caballero del medio.

La bonne porta son doigt à sa bouche pour demander le silence.

La criada se llevó el dedo a la boca para ordenar silencio.

Et elle salua les messieurs d'un geste rapide et silencieux.

Y ella rápidamente y en silencio saludó a los caballeros.

La servante fit entrer les trois messieurs dans la pièce.

La criada acompañó a los tres caballeros a la habitación.

Et elle a continué à leur expliquer ce qui s'était passé.

Y continuó explicándoles lo que había sucedido.

Et les trois messieurs se tinrent autour du corps de Gregor.

Y los tres caballeros estaban alrededor del cadáver de Gregor.

Les mains dans les poches, ils baissèrent les yeux.

Con las manos en los bolsillos miraron hacia abajo.

La lumière du matin inondait désormais complètement la pièce.

La luz de la mañana ahora había inundado completamente la habitación.

La porte de la chambre s'ouvrit alors et M. Samsa apparut.

Entonces se abrió la puerta del dormitorio y apareció el señor Samsa.

D'un côté se trouvait sa femme, et de l'autre sa fille.

A un lado estaba su esposa y al otro su hija.

M. Samsa portait déjà son uniforme.

Para entonces el señor Samsa ya llevaba puesto su uniforme.

On pouvait voir qu'ils avaient tous un peu pleuré.

Se podía ver que todos habían estado llorando un poco.

Grete pressa son visage contre le bras de son père.

Grete presionó su cara contra el brazo de su padre.

« Quittez mon appartement immédiatement ! » ordonna M. Samsa.

"¡Sal de mi apartamento inmediatamente!" ordenó el señor Samsa.

Et il désigna la porte sans laisser partir les femmes.

Y señaló la puerta sin dejar salir a las mujeres.

« Que voulez-vous dire ? » demanda l'intermédiaire, déconcerté.

"¿Qué quieres decir?" preguntó el intermediario desconcertado.

Et il fit de son mieux pour sourire gentiment à M. Samsa.

Y él hizo lo mejor que pudo para sonreír dulcemente al señor Samsa.

Les deux autres tenaient leurs mains derrière leur dos.

Los otros dos llevaban las manos tras la espalda.

Et ils se frottèrent les mains d'impatience.

Y se frotaron las manos con anticipación.

Ils semblaient s'attendre à une violente dispute.

Parecía que esperaban que se produjera una fuerte pelea.

Mais ils semblaient se réjouir de la dispute à venir.

Pero ellos parecían estar contentos con la discusión que se avecinaba.

Ils pensaient que le litige tournerait à leur avantage.

Creían que la disputa sería a su favor.

« Je maintiens exactement ce que je viens de dire », a répondu M. Samsa.

"Quiero decir exactamente lo que acabo de decir", respondió el señor Samsa.

Il marchait en ligne droite avec ses deux compagnons.

Caminó en línea recta con sus dos compañeros.

Et M. Samsa s'est adressé directement à leur responsable.

Y el señor Samsa se dirigió directamente a su caballero principal.

Le monsieur resta d'abord immobile, le regard fixé au sol.

El caballero primero se quedó quieto, mirando al suelo.

Le contenu de sa tête était encore en train de se réorganiser.

El contenido de su cabeza todavía estaba ordenándose.

« Très bien, nous y allons », dit-il en levant les yeux vers M. Samsa.

—Está bien, nos vamos —dijo y miró al señor Samsa.

Une nouvelle humilité semblait l'avoir soudainement envahi.

Una nueva humildad pareció apoderarse de él de repente.

Et il semblait demander la permission pour cette décision.

Y parecía estar pidiendo permiso para esta decisión.

M. Samsa ouvrit grand les yeux et hocha légèrement la tête.

El señor Samsa abrió mucho los ojos y asintió un poco.

Les messieurs obéirent immédiatement à son ordre.

Los caballeros obedecieron inmediatamente su orden.

Et ils ont effectivement fait de longues enjambées dans le couloir.

Y efectivamente dieron largos pasos por el pasillo.

Ses amis avaient déjà cessé de se frotter les mains.

Sus amigos ya habían dejado de frotarse las manos.

Ils avaient écouté le déroulement de la conversation.

Habían estado escuchando cómo iba la conversación.

Et maintenant, ils couraient après lui, comme pris de peur.

Y ahora corrían tras él, como si tuvieran miedo.

M. Samsa pourrait encore les isoler de leur chef.

El señor Samsa aún podría aislarlos de su líder.

Ils ont sorti leurs bâtons du récipient.

Sacaron sus palos del contenedor.

Et ils s'inclinèrent en silence avant de quitter l'appartement.

Y se inclinaron en silencio antes de salir del apartamento.

M. Samsa et les deux femmes sortirent sur le parvis.

El señor Samsa y las dos mujeres salieron del patio delantero.

Mais en réalité, ils n'avaient aucune raison de se méfier de ces hommes.

Pero en realidad no tenían motivos para desconfiar de los hombres.

Ils s'appuyèrent sur la rambarde pour vérifier s'ils étaient partis.

Se apoyaron en la barandilla para comprobar si se habían ido.

Les trois messieurs descendaient effectivement les escaliers.

Los tres caballeros efectivamente estaban bajando las escaleras.

Ils disparurent dans un virage de l'escalier.

En un determinado recodo de la escalera desaparecieron.

Puis l'escalier les ramena à la vue.

Y entonces la escalera los trajo de nuevo a la vista.

Ce phénomène d'apparition et de disparition se répétait à chaque étage.

Esta aparición y desaparición se repite en cada piso.

Mais finalement, ils étaient presque arrivés au fond.

Pero al final casi habían llegado al fondo.

Plus ils avançaient, moins ils étaient intéressants.

Cuanto más avanzaban, más aburridos parecían.

Tout le monde est rentré à la maison, comme soulagé.

Todos regresaron a casa, como si se sintieran aliviados.

Ils décidèrent de profiter de la journée pour se reposer et aller se promener.

Decidieron aprovechar el día para descansar y salir a pasear.

Ils estimaient avoir mérité cette pause dans leur travail.

Sentían que merecían este descanso de su trabajo.

Non seulement ils méritaient cette pause, mais ils en avaient besoin.

No sólo merecían este descanso, sino que lo necesitaban.

Ils s'assirent à table pour écrire des lettres d'excuses.

Se sentaron a la mesa para escribir cartas de disculpas.

M. Samsa a adressé une lettre d'excuses à sa direction.

El señor Samsa escribió una carta de disculpas a su dirección.

Mme Samsa a écrit sa lettre d'excuses à ses clients.

La señora Samsa escribió su carta de disculpas a sus clientes.

Et Grete a écrit sa lettre d'excuses à son directeur.

Y Grete escribió su carta de disculpa a su director.

Pendant qu'ils écrivaient tous, la bonne entra dans la pièce.

Mientras todos escribían, la criada llegó a la habitación.

Son travail du matin était terminé, elle rentrait donc chez elle.

Su trabajo de la mañana había terminado, por lo que se dirigía a casa.

Les trois écrivains hochèrent d'abord la tête, sans lever les yeux.

Los tres escritores asintieron al principio, sin levantar la vista.

Mais la bonne ne semblait pas encore vouloir partir.

Pero la criada no parecía querer irse todavía.

Elle attendit un peu, jusqu'à ce que les trois écrivains lèvent les yeux.

Esperó un poco, hasta que los tres escritores levantaron la vista.

« Eh bien ? » demanda M. Samsa, en colère, comme l'étaient les autres.

"¿Y bien?" preguntó el señor Samsa, enojado como los demás.

La bonne se tenait sur le seuil, un sourire aux lèvres.

La criada estaba parada en la puerta con una sonrisa en su rostro.

Elle donnait l'impression d'avoir de bonnes nouvelles à annoncer.

Dio la impresión de tener buenas noticias que informar.

Mais elle n'allait pas partager la nouvelle à moins qu'on ne le lui demande.

Pero ella no iba a compartir la noticia a menos que se lo pidieran.

La plume d'autruche dressée sur son chapeau oscillait légèrement.

La pluma de avestruz erguida sobre su sombrero se balanceaba ligeramente.

Cette plume d'autruche avait toujours agacé M. Samsa.

Aquella pluma de avestruz siempre había molestado al señor Samsa.

« Alors, que voulez-vous ? » demanda Mme Samsa, d'un ton ferme.

—Entonces, ¿qué quieres? —preguntó la señora Samsa con firmeza.

La bonne avait encore beaucoup de respect pour Mme Samsa.

La criada todavía tenía mucho respeto por la señora Samsa.

« Oui », répondit-elle, et elle éclata d'un rire amical.

"Sí", respondió ella y soltó una carcajada amistosa.

Un instant, son rire l'empêcha de parler.

Por un momento su risa le impidió hablar.

« Tu n'as pas à t'inquiéter pour ce qui se passe chez le voisin. »

"No tienes que preocuparte por esa cosa de al lado".

« J'ai déjà prévu comment nous allons nous en débarrasser. »

"Ya he decidido cómo nos desharemos de él".

Mme Samsa et Grete continuèrent à écrire leurs lettres.

La señora Samsa y Grete continuaron escribiendo sus cartas.

Mais M. Samsa remarqua que la bonne n'avait pas encore terminé.

Pero el señor Samsa se dio cuenta de que la criada aún no había terminado.

Elle voulait maintenant tout décrire plus en détail.

Ahora quería describir todo con más detalle.

Mais il tendit la main pour repousser ses avances.

Pero él extendió su mano para rechazar sus esfuerzos.

Elle s'est rendu compte qu'ils n'étaient pas intéressés par ses projets.

Se dio cuenta de que no estaban interesados en sus planes.

Et puis elle se souvint de la grande précipitation dans laquelle elle avait été.

Y entonces recordó la gran prisa en la que había estado.

« Ciao alors », dit-elle, insultée par ce manque d'intérêt.

"Ciao entonces", dijo ella, insultada por la falta de interés.

Mais avant de partir, elle a claqué la porte très fort.

Pero antes de irse cerró la puerta de un golpe terriblemente fuerte.

« Elle sera licenciée ce soir », a déclaré M. Samsa.

"La despedirán esta noche", dijo el señor Samsa.

Mais sa femme et sa fille étaient trop occupées pour lui répondre.

Pero su esposa y su hija estaban demasiado ocupadas para responderle.

Parce que la bonne avait troublé leur paix nouvellement acquise.

Porque la criada había perturbado la paz recién adquirida.

La mère et la fille se levèrent pour aller à la fenêtre.

La madre y la hija se levantaron para ir a la ventana.

Et, enlacés, ils restèrent là.

Y abrazados se quedaron allí.

M. Samsa se tourna sur sa chaise pour les regarder.

El señor Samsa se giró en su silla para mirarlos.

Et pendant un moment, il les observa en silence, immobiles là.

Y por un rato los observó en silencio mientras estaban allí de pie.

Finalement, il leur cria : « Viendrez-vous à moi ? »

Finalmente les gritó: "¿Queréis venir a mí?"

«Oublions tout ça, d'accord ?»

"Olvidémonos de todas esas cosas viejas, ¿de acuerdo?"

«Viens à moi et accorde-moi un peu d'attention.»

"Ven a mí y dame un poco de tu atención."

Les deux femmes firent ce qu'il leur avait dit et se précipitèrent vers lui.

Las dos mujeres hicieron lo que él les dijo y corrieron hacia él.

Ils lui ont fait une accolade affectueuse et l'ont embrassé.

Le dieron un abrazo cariñoso y le besaron.

Ils retournèrent rapidement pour terminer la rédaction de leurs lettres.

Regresaron rápidamente para terminar de escribir sus cartas.

Puis, tous les trois, ils quittèrent l'appartement ensemble.

Luego los tres abandonaron el apartamento juntos.

Ils n'étaient pas sortis ensemble depuis des mois.

No habían salido juntos de casa desde hacía meses.

Et ils prirent le tramway jusqu'à la périphérie de la ville.

Y tomaron el tranvía hasta las afueras de la ciudad.

Ils avaient toute la rame du tramway pour eux seuls.

Tenían todo el vagón del tranvía para ellos solos.

La lumière du soleil inondait la pièce par la fenêtre.

La luz del sol entraba a raudales por la ventana desde el exterior.

La famille se cala confortablement dans ses sièges.

La familia se reclinó cómodamente en sus asientos.

Et ils ont discuté de leurs perspectives d'avenir.

Y discutieron las perspectivas para su futuro.

À y regarder de plus près, leurs perspectives n'étaient pas mauvaises.

Al examinarlos más de cerca, sus perspectivas no eran malas.

Tous les trois occupaient des emplois qui leur permettraient de gagner davantage.

Los tres tenían trabajos con potencial para ganar más.

Ils ne s'étaient jamais interrogés l'un sur l'autre concernant leur travail.

Nunca se habían preguntado sobre su trabajo.

Mais maintenant, ils avaient enfin le temps de discuter de ces choses-là.

Pero ahora finalmente tenían tiempo para discutir esas cosas.

Ils avaient également la possibilité de déménager dans un appartement plus petit.

También tenían la opción de mudarse a un apartamento más pequeño.

Cela aurait le plus grand impact sur leur vie.

Esto tendría el mayor impacto en sus vidas.

Leur appartement actuel avait été choisi par Gregor.

Su apartamento actual había sido elegido por Gregor.

Mais maintenant, ils pourraient déménager dans un endroit plus abordable.

Pero ahora podrían mudarse a algún lugar más asequible.

Un appartement plus petit, mais dans un endroit plus pratique.

Un apartamento más pequeño, pero en un lugar más práctico.

Parler de l'avenir a redonné vie à Grete.

Hablar sobre el futuro hizo que Grete se sintiera nuevamente más animada.

Monsieur et Madame Samsa ont également remarqué d'autres changements chez elle.

El señor y la señora Samsa también notaron otros cambios en ella.

Ses joues étaient devenues pâles à cause de tous ses soucis.

Sus mejillas se habían vuelto pálidas por todas sus preocupaciones.

Mais à présent, leur fille s'épanouissait et devenait une femme remarquable.

Pero ahora su hija se estaba convirtiendo en una bella dama.

C'était vraiment une belle et jolie jeune femme, maintenant.

Ahora ella realmente era una joven bien formada y hermosa.

Ses parents se turent et admirèrent leur fille.

Sus padres guardaron silencio y admiraron a su hija.

Ils échangèrent un regard, communiquant inconsciemment.

Se miraron el uno al otro comunicándose inconscientemente.

« Il sera bientôt temps de lui trouver un homme bien. »

"Pronto llegará el momento de encontrar un buen hombre para ella."

Le tramway était arrivé à destination et avait ralenti.

El tranvía había llegado a su destino y redujo la velocidad.

Leur fille semblait confirmer leurs nouveaux rêves.

Su hija pareció confirmar sus nuevos sueños.

Elle fut la première à se lever et à étirer son jeune corps.

Ella fue la primera en levantarse y estirar su joven cuerpo.

www.ingramcontent.com/pod-product-compliance
Lightning Source LLC
Chambersburg PA
CBHW011039190726
48290CB00011B/2929